Herstellung und Verlag:

BoD – Books on Demand, Norderstedt

ISBN 978-3-7386-4157-8

AF140598

Prolog

Der Wald gab ihm Ruhe, inneren Frieden aber auch Kraft. Hier konnte er sein, wie er war. Hier brauchte er sich nicht zu verstellen. Hier konnte er alles herausschreien, wenn er sich immer wieder die gleiche Frage stellte und sein Schädel deswegen zu platzen drohte. Um eines beneidete er die Bäume, wenn er sie umarmte. Er hatte einmal gelesen, dass ein Baum, würde man ihn umarmen, dieser von seiner Kraft etwas abgeben würde. Er beneidete sie um ihre starken Wurzeln, er hatte keine. Jeder Mensch braucht Wurzeln, sie lenken, sie begleiten ins Leben, sie sind einfach immer da, sie wuchsen mit und ließen einen niemals los. Erdung braucht der Mensch, um allen Widrigkeiten im Leben Stand zu halten.

Kein Baum fragte, hast du dies, hast du jenes, du musst, du musst, du musst… Bäume waren seine Freunde geworden, sie ließen ihn einfach so, wie er war.

In den letzten Monaten hatten sie sich angefreundet, es hatte sich ergeben, einfach so. Bäume hörten zu, ohne zu hinterfragen, sie nahmen ihn mit ihren großen Armen auf und boten Schutz. Den einen oder anderen Tag hatte er sich genehmigt, hierher zu seinen Freunden zu kommen, statt in die Schule. Es waren immer mehr geworden. Sie fühlten, dass er Hilfe brauchte.

Dann fing sie an, rum zu zicken, sich von ihm zu entfernen. Das gefiel ihm nicht, ganz und gar nicht. Das musste er ändern und zwar bald. Der Plan war schon in seinem Kopf, er musste es nur tun. Bald, sehr bald, ehe es zu spät war.

Seine Zeit war endlich gekommen, jetzt wollte er alles klären, sich alles holen, was er solange vermisst hatte. Alles kotzte ihn an, sie konnten einfach kein Ersatz sein, denn sie waren nicht seine Eltern und würden es auch nie werden. Er hatte sich einen Panzer zugelegt, er wollte hart sein, niemand sollte zu ihm durchdringen, ihn weich spülen. Niemals würde er jemanden soweit an sich heranlassen, dass er ihn verletzen könnte, niemals. Andere verletzen, das gefiel ihm. Geil. Zu sehen, dass s i e litten und nicht er. Das war sein eigener Schutz. Der Panzer wurde dicker. Keine Gefühle haben, keine Gefühle zeigen, alles tot, tot, tot.

Muddus

Kapitel 1.

Tuva hatte einen langen Weg vor sich, wieder
einmal, im Muddus. In Schwedens größtem
Nationalpark zu arbeiten, bedeutete alles für
sie, Job, Hobby und Lebensfreude zugleich.
Wer hatte schon dieses Glück, wie oft hatte sie
sich dieses Frage gestellt. Von Kindheit an
hielt sie sich lieber draußen in der Natur auf,
als vor dem PC oder Fernseher. Mit ihrem
Großvater, der damals als Jagdaufseher tätig
war, durch die endlosen Wälder Lapplands zu
streifen, oder auf den mosaikartig angelegten
Seen auf Bibersafari gehen, Höhlen zu erkun-
den und nachts unter freiem Himmel im Zelt
zu schlafen. Aber auch im Winter mit dem
Hundeschlitten durch die verschneite Landschaft zu gleiten, wenn die Natur sich unter
der massigen Schneedecke ausruhte. Die klir-
rende Kälte im Gesicht zu spüren, wenn der
glitzernde Schnee auf gepflügt wurde und die
Hunde in ihrem Element waren. Stian verstand
es, wunderbare gruselige Geschichten zu erzählen, aber Angst hatte Tuva nie. Ihr Großvater hatte lachende Augen, die so liebevoll und
gutmütig waren, dass er selbst, wenn er ernst

redete, nie ernst aussah. Oft hatte Tuva solche Situationen ausgenutzt, insbesondere, wenn er sie „erziehen" wollte, hatte sie ihn damit aufgezogen. Dann endete das „ernste Gespräch" wie er es nannte, immer in schallendem Gelächter, seines eingeschlossen.

Heute war sie erwachsen und streifte allein durch den Nationalpark, um nach dem Rechten zu sehen.

Ein kleines Zelt, Verpflegung, ihre Dienstwaffe und das Funktelefon waren ihre einzigen Begleiter. Ihre Aufgabe war es, im Park für Ordnung zu sorgen, Bootsstege zu reparieren, Touristenplätze zu inspizieren und nicht zuletzt die Population der Bären, Luchse und wilden Rentiere zu registrieren.

Funkverbindung hatte sie zur Station im Camp Äventyr in Malmberget, welches ihre Großeltern betrieben, seit dem Stian sein offizielles Amt niedergelegt hatte. In den Ferien kamen manchmal Schüler und Studenten, die sich in der Saison etwas dazuverdienen wollten. Auf dem Gelände standen 15 urige Holzhäuser, jedes gemütlich und individuell eingerichtet, sowie ein Haupthaus mit kleinem Restaurant und Sanitärbereich. Die Aufenthalte wurden einschließlich Verpflegung, Exkursionen mit Rentieren in den Park sowie Hundeschlittenfahrten im Winter angeboten. Zur Sauna gehörte seit kurzem auch ein Jacuzzi. Die Gäste waren hellauf begeistert, wenn sie erschöpft von ihren Wanderungen ins Camp zurückkehrten.

Mittsommer war gerade vorüber, die Natur zeigte sich in ihrer farbenfrohen Pracht und die ersten Moosbeeren leuchteten knallrot in Teppichdichte am Boden. Die Sonne ging nicht unter in dieser Jahreszeit und das glitzernde Wasser des Muddus Jaure funkelte selbst am Tag wie eine überdimensionale Schale voller Silber.

Tuva hatte sich an ihrem Stammplatz des Sees das kleine grüne Zelt aufgestellt und die kleinen Schmeckhappen, wie sie ihre Großmutter nannte, ausgepackt, die vom Mitsommerfest übrig waren. Es trennte sie ca. 25. km vom Camp. Der uralte verbeulte und verrußte Teekessel ihres Großvaters gab den ihr seit Kindertagen vertrauten Pfeifton von sich und sofort wurden die Erinnerungen aus eben dieser Zeit wieder wach, sogar die heimelige Stimme ihres Großvaters pustete er Tuva ins Ohr. Mit dieser Stimme assoziierte sie Schutz, grenzenloses Vertrauen und Geborgenheit. Das hatte sie stark gemacht für ihr Leben.

Dieses war geprägt von Mette und Stian, sie hatten ihr das Zuhause mit einer behüteten, glücklichen Kindheit gegeben, welches ihr von ihren leiblichen Eltern verwehrt blieb. Sie kannte sie nicht einmal. Voller Liebe und Dankbarkeit waren immer die Gedanken an ihre Großeltern. Aber auch jetzt noch bekam sie jedes Mal Verhaltensregeln mit auf den Weg, wenn sie für 2 bis 3 Tage in die Wildnis zog, um ihrer Arbeit nachzugehen. Das Zusammenleben mit ihren Großeltern gestaltete sich stets unkompliziert, denn Tuva wohnte zusammen mit ihnen in ihrem Haus auf dem riesigen Areal und hatte oben ihr eigenes Reich. Es war ein heimeliges Holzhaus mit der typisch nordisch roten Farbe mitten in einem liebevoll gepflegten Garten. Wildwuchs mit leuchtend bunten Stauden und Sträuchern bildeten eine harmonisch geordnete Unordnung. Ein weißer Metallzaun gab diesem Heim die optische Sicherheit und grenzte das Haus ein wenig von den Gästeunterkünften ab. Großeltern und Enkeltochter ließen sich gegenseitig den erforderlichen Freiraum ohne Kontrolle, waren aber stets für einander da. Hin und wieder führte Tuva auch eine Wandergruppe zum Muddus Wasserfall, wo das Schmelzwasser aus 42 m Höhe von den Bergen mit dem ewigen Schnee in einem gewaltigen Strom zu Tal rauscht. Die Luft in unmittelbare Umgebung war ständig mit einem hauchfeinen Nieselfilm durchzogen. In dieser Woche hatte sich keine Gruppe angemeldet und sie konnte in aller Ruhe den Steg für die Kanufahrer in Augenschein nehmen, der schon bessere Zeiten erlebt hatte. Erst zum Ende der Woche hatte eine Hand voll Lehrer aus Stockholm eben diesen Ausflug zum Wasserfall gebucht.

Es war still, sehr still, stiller als sonst, wenn es einfach nur still war. Die Geräusche des Waldes schienen einfach abgestellt. Tuva spürte eine leichte Anspannung. Im Nacken begannen sich die kleinen Haare auf zu richten. . ., sie atmete tief ein, behielt die klare Luft in ihren Lungen und blieb regungslos vor ihrem Zelt sitzen. Wären Elch oder Bär der Grund, gäben die kleineren Tiere Warntöne von sich, sie wusste es sowohl von Stian, als auch aus eigener Erfahrung. Aber auch ihre eigenen kognitiven Wahrnehmungen der vergangenen Jahre ließen jetzt keine Entspannung mehr zu. Ihre Waffe für den Notfall hatte sie griffbereit. Geübt lautlos griff sie nach ihrer Smith & Wesson KAl.38 und entsicherte sie in der rechten länglichen Beintasche ihrer Hose mit einem kurzen kaum wahrzunehmenden Klick, indem sie die linke Hand als Schallschutz darüber hielt. Mette hatte genau für diesen Zweck diese rechte untere Hosentasche vergrößert und mit Flies präpariert, nachdem sie vor nicht allzu langer Zeit eine unangenehme Begegnung mit einem verletzten Bären hatte. Sie arbeitete nun schon fast 3 Jahre in ihrem Job und konnte sich nicht erklären, warum sie diese diffuse Unruhe spürte. Es gab immer eine plausible Erklärung für alles, nur heute erschloss sich ihr keine. Sie saß ca. 30 Minuten in dieser Starre, was ihr ein fast bewegungsloser Blick nach links unten auf ihre Armbanduhr verriet. Nach weiteren 15 Minuten war es, als hätte sich die Natur nach einer überlangen Atempause zurück gemeldet mit allen Geräuschen, die sie zu bieten hatte .Aufgrund der vorausgegangenen fast unheimlichen Stille war dieses Empfinden extrem.

Tuvalus Herzschlag beruhigte sich wieder, sie erhob sich langsam und streckte ihre Beine nach vorn und hinten. Der Blutstrom der Extremitäten machte sich mit starkem Kribbeln bemerkbar und sie ging vorsichtig einige Schritte um ihr Zelt herum. Da es auch ein Vogelschutzgebiet war, in dem sie sich aufhielt, teilten ihr diese kleinen und großen Bewohner in voller Lautstärke mit, dass sie noch da waren. Tuva beschloss daher, nicht weiter umher zu laufen und früh in ihren Schlafsack zu krabbeln, damit sie früh am Morgen mit den Ausbesserungsarbeiten des Steges beginnen konnte. Danach stand noch eine weitere Touristenstation auf dem Plan. Sie löschte das kleine Feuer mit dem restlichen Tee, rollte sich in ihren Schlafsack und sehnte den entspannenden Schlaf herbei, was aber nicht funktionierte. Einerseits bemühte Sie sich, sich dieses Gefühl selbst zu erklären, andererseits begab sie sich damit aber auf ein Terrain, nämlich das unvermeidliche Eingeständnis. . . Angst zu haben. Stian sagte immer: " Kind, Angst ist ein schlechter Begleiter in diesem Beruf, dann solltest du darüber nachdenken, ob es vielleicht nicht der richtige für dich ist.

Als sie ihre Augen öffnete und auf die Uhr blickte, stellte sie fest, dass sie doch eingenickt war. 4.00 Uhr, sie war glücklich, diese unerklärliche Situation hinter sich gelassen, ohne panische oder unkontrollierte Fehlentscheidungen getroffen zu haben. Da es nach wie vor hell war, kochte sie sich einen Tee und aß eine Zimtschnecke. Die Natur gab alle vertrauten Geräusche her, die sie so liebte und doch . . . dieses alte ihr vertraute, unbeschwerte Gefühl war noch nicht in Gänze zurück. In ihren zahllosen Krimis, die sie verschlungen hatte, stand dann dieser banale Satz. . . das Gefühl beobachtet zu werden. Diese Ohnmacht war für Tuva unerträglich, denn sie hasste es, vor irgendjemandem oder irgendetwas Irrationalem Angst zu haben. Machtspiele und Erniedrigungen, all das kannte sie von der Schule zur genüge. Schließlich beobachten doch auch Tiere, mit diesem Gedanken wollte sie den neuen Tag beginnen. War es vielleicht doch nur ein übler Traum?

Tuva war schon immer ein wenig anders als ihre Klassenkameradinnen gewesen, schminkte sich nicht und hatte auch nicht das Bedürfnis in die Disko oder ins Kino zu gehen. Selbst dann wäre es alles nicht mal eben um die Ecke gewesen, dafür lag das Camp zu abgelegen. Sie hatte eine einzige Freundin. Sonja. Sonja hatte die gleichen Interessen wie sie. Aber noch vor Beendigung der Schule zog sie mit ihrer Familie nach Stockholm. Sie besuchten sich noch genau 2-mal gegenseitig, bis auch Sonja irgendwann vom Großstadtleben vereinnahmt wurde. Aber Tuva war nicht mehr traurig, heute nicht mehr. Sie war glücklich und zufrieden mit ihrem Leben, konnte ihren Arbeitsalltag selbst gestallten und Hobby mit Beruf verbinden. Der einzige, der ihr was zu sagen hatte, war Johan, Leiter des Umweltamtes in Stockholm. Einmal im Monat kam er zur Inspektion, wie er es nannte, ließ ihr aber freie

Hand und kontrollierte sie nicht. Wenn Johan sich anmeldete, spürte Tuva jedes Mal ein gewisses Kribbeln im Bauch, was nicht im Entferntesten etwas mit der Unruhe gemein hatte, die sie in der vergangenen Nacht erleben musste. Er war einfach ein richtiger Kerl, nicht hübsch, hatte aber das gewisse Verwegene, immer gut gelaunt, so hatte sie ihn schon in der Schule wahrgenommen. Eigentlich war er genau so ein Außenseiter wie sie gewesen, aber die Mädchen hingen an ihm und er fühlte sich damals wohl gut in dieser Rolle. Ab und an träumte sie von ihm, dann erinnerte sie sich an Mettes Worte in ähnlichen Situationen:" Kind, manches muss einfach Traum bleiben. Tuva gestattete sich aber weiter zu träumen, was aber ihr Geheimnis blieb. Insbesondere dann, wenn sie wieder einmal bei den Besuchen in Johans Augen blickte und glauben wollte, dass er sie ein wenig anders ansah, nicht einfach nur so. Dann, ja dann träumte sie, dass er sie vielleicht ein wenig mehr wahrnahm, als eine Kollegin, die von den Besonderheiten und Vorkommnissen im Nationalpark berichtete. Unter den Bootsstegen lagen immer ein paar Ersatzbretter für den Notfall, so konnte sie die Reparatur schnell durchführen, das nötige Equipment hatte sie stets dabei. Nach getaner Arbeit packte sie ihre

Utensilien zusammen und machte sich auf den Weg zur Touristenstation Eklund. Es gab immer wieder Touristen, die Ihren Müll nicht wieder mit zurück nahmen, sondern ihn einfach liegen ließen, oder auch sonst nicht sehr pfleglich mit der Natur umgingen.

Als sie den Platz erreichte, erblickte sie ein kleines Zelt und eine Feuerstelle. Tuva hielt ihre Hand darüber und spürte die noch vorhandene Restwärme. Das Zelt war geschlossen. Sie entschloss sich zu einem "Hey", bekam aber keine Antwort. Traute sich aber auch nicht, den Reißverschluss zu öffnen. Da war es wieder, dieses seltsame Gefühl. Verdammt, verdammt, verdammt, jeder kann doch hier zelten, sagte sie jetzt halb laut, als müsse sie jemanden anders beruhigen und nicht sich selbst, dafür sind diese Plätze doch da. Kein Restmüll, keine Auffälligkeiten, nichts, aber etwas störte sie. Wie oft hatte sie während ihrer Rundgänge Wanderer, Camper, Kanufahrer getroffen, auch Zelte gesehen, deren Besitzer unterwegs waren. Sie überlegte für einen kurzen Moment, die Umgebung abzusuchen, entschied sich aber dagegen. Sie ging weiter, schneller als sonst, sie wollte auf dem schnellsten Weg zurück zum Camp Äventyr. Der kalte Schweiß brach aus und lief in kleinen Rinnsalen Tuvas Rücken hinunter, kleinere Tropfen suchten sich nun auch noch ihre Wege durchs Gesicht in die Augen, es brannte höllisch. Verdammt, verdammt sagte sie erneut, jetzt aber laut, was geht hier vor. Sie erreichte eine kleine Lichtung und zwang sich dazu, auf einem Stein eine Atempause einzulegen. Mit vollen Atemzügen zog sie die frische nach Erde, Kräutern und Beeren durchtränkte Waldluft in ihren Körper und atmete langsam wieder aus. Der Atem beruhigte sich und die Schweißproduktion verlangsamte sich ebenfalls.

Kapitel 2.

Reiß dich zusammen, du blöde Kuh, schnauzte Gus mit Blick nach hinten, ich kann dein Geheul nicht mehr ertragen. Corin konnte kaum noch laufen, Tränen und Rotze liefen ihr durchs Gesicht. Vermischten sich mit ihrem Mascara und verunstalteten ihr kleines blasses Gesicht zu einer lächerlichen Fratze. Sie hatte panische Angst vor seinen Gewaltausbrüchen, die nicht immer nur verbal abliefen, so wie jetzt. Vereinzelte abgewürgte Gluxer zeugten von ihren Anstrengungen, ihre Verzweiflung in den Griff zu bekommen. Es gelang ihr jedoch nicht und Gus blieb abrupt stehen. Corin trat ihm auf die Hacke, kam ins Straucheln und fiel kraftlos auf den Boden. Gus blickte angewidert auf sie hinab und trat hemmungslos zu. Corin rollte sich so gut es ging wie ein Igel zusammen, was zur Folge hatte, dass er völlig ausrastete. Seine Tritte trafen sie abwechselnd in Bauch und Rücken. Das Weinen war nur noch ein leises Wimmern, wie von einem Kleinkind. Hör auf, hör endlich auf, ich ertrag dich nicht mehr, du bist ein Nichts, ein Niemand, und so überflüssig wie der Pickel an meinem Arsch. Bitte lass mich nicht allein, du hast es mir versprochen, wimmerte sie. Versprochen, spuckte er, versprochen habe ich gar nichts, Speichel lief in kleinen Fäden an seinem Kinn herunter, dir schon gar nichts. Du, du. . . wer bist du denn, eine Marionette, niemals eine eigene Meinung, hängst an mir wir eine Klette, vollkommen lebensunfähig, fragst immer nur, was jetzt, man. . .

Schleimst dich bei dieser Sozialfotze ein und tust so, als wäre es dein Mutter. Sie ist nicht deine Mutter, sie sind nicht unsere Eltern. Er spuckte diese Worte angewidert auf Corin, auf den Boden. Willst du gar nicht wissen, wo du herkommst? Corin wusste, dass nur sie ganz allein schuld war an dieser scheußlichen Misere. Nur sie allein. Einige Male hatte sie versucht, sich von Gus zu entfernen, es war gescheitert. Kläglich gescheitert. Gus ließ es nicht zu. Niemals. Er hatte es ihr eingebrannt, nicht in die Haut, sondern in ihre verkrüppelte Seele, in ihr fremd gesteuertes Hirn. Sie musste es tausende Male schreiben und aufsagen, immer und immer wieder wie ein Schulkind. Irgendwann hatte er ihren Widerstand gebrochen und sie hatte nur noch das getan, was er wollte. Sie hatte sich aufgegeben und das gefiel ihm. Dann war Gus lieb. Vor langer Zeit empfand sie es als Seelenverwandtschaft, zumindest war es ihre subjektive Wahrnehmung davon. Es stimmte einfach alles, so hatte es sich angefühlt für Corin, wohl nur für Corin. Just in diesem Moment konnte es nicht deutlicher sein, er betrachtete sie als Eigentum, erteilte Befehle, forderte unbedingten Gehorsam und erlaubte keinen Widerspruch, warf ihr aber auf der anderen Seite totale Unselbständigkeit vor, er war ein Narzisst mit zwei Gesichtern.

Beide kamen sie aus Familien oder was von ihnen übrig war, durch Drogen und Alkohol zerstört. Gus Mutter und Corins Vater hatten sich bei einer ihrer zahllosen Entziehungskuren in Stockholm kennengelernt, irgendwann ihre Unfähigkeiten akzeptiert und in den allermiesesten Katakomben der Großstadt ihr Leben weggeschmissen. Ihre Kinder waren kleine hilflose Wesen, die das Leben auf den Straßen in vollendeter Brutalität kennenlernt hatten. Der Zufall wollte es, dass sie beide zusammen bei einer Pflegefamilie landeten. Sie hatten sich beide an den Händen gehalten, als Streetworker sie aufgriffen, nachdem sie in einem völlig verwahrlosten Zustand neben ihren Eltern lagen, die nicht ansprechbar waren.

Der letzte Tritt gegen ihren Kopf war derart heftig, dass ein Geräusch entstand, welches selbst ihn erschreckte. Corin, Corin, komm schon, hör auf mit dem Quatsch, er klatschte ihr mit der flachen Hand rechts und links ins Gesicht, spiel hier kein Theater. Sie gab keinen Mucks von sich, auch als er die Trinkflasche über ihrem Kopf entleerte. Er packte sie am Arm, schleifte sie zurück in die kleine Senke vor der Höhle, die sie ca. 200m rückwärts passiert hatten. Trat mit seinen Füßen solange gegen ihren Körper, bis sie in der Höhle lag und stopfte die Öffnung mit Holz und Sträuchern zu. Dann versuchte er die Schleifspuren mit Ästen und Laub zu verwischen.

Kapitel 3.

Lisbeth und Kristof, arbeiteten als Sozialpäd-
agogen in einer Einrichtung für Kinder und Ju-
gendliche. Deren Eltern, sofern es sie denn
überhaupt noch gab, waren in der Regel mit allem überfordert, mit ihrem eigenen Leben
schon lange. Sie konnten selbst keine Kinder
bekommen. Es dauerte nicht lange und sie entschieden sich, diese beiden kleinen Menschen
zu adoptieren und ihr lang ersehntes Familien-
glück schien perfekt. Gus und Corin fühlten
sich vom ersten Tag an wohl bei ihnen. Die
beiden kleinen Menschen genossen das heimelige Haus, die gemeinsamen Mahlzeiten, die
Liebe und Zuwendung, das Leben, das sie bislang nicht kannten. Corin war nur ein paar
Monate älter als Gus. Als die beiden das
10.Lebensjahr erreicht hatten, beschlossen ihre
Pflegeeltern sie über ihre Herkunft aufzuklä-
ren, bevor andere es in ihrer Boshaftigkeit
übernahmen.

Lisbeth plagten schon Tage vorher Magen-
schmerzen und sie hatte sich alle erdenklichen
Szenarien ausgemalt. Kristof hingegen war

völlig gelassen und entspannt. Dass Gus aber so reagierte, nachdem Kristof in straffer fast emotionsloser Form seine Erklärung abhandelte, das hatten sie nicht erwartet. Er saß auf der Bettkante während Gus sich zur Wand drehte und sich die Decke über den Kopf zog. Er sagte kein einziges Wort. Fragte und sagte nichts, auch zu keinem späteren Zeitpunkt, zu diesem Thema. Kristof verließ leise das Zimmer und schloss die Tür.

Corin hingegen hatte die Decke bis zur Nasenspritze gezogen und starrte Lisbeth mit weit aufgerissenen Augen an. Möchtest du noch mehr wissen oder mich dazu etwas fragen, mein Liebes. Corin nickte kaum wahrnehmbar mit dem Kopf. Kanntest du meine Eltern, sprach sie in ihre Bettdecke? Nein, dein Vater war sehr krank, bemühte sie sich vorsichtig, und konnte sich nicht mehr um dich kümmern. Und meine Mutter? Deine Mutter hat dich bei deinem Vater zurückgelassen und ist einfach verschwunden. Irgendwann hat dein Vater Gus mit seiner Mutter kennengelernt und sie haben beide gemeinsam versucht, für euch da zu sein. Aber das Leben auf der Strasse mit zwei kleinen Kindern ist schwer und so hat sich das Jugendamt um euch gekümmert. Kristof und ich konnten keine eigenen Kinder bekommen und so beschlossen wir euch zu adoptieren. Als wir euch beide das erste Mal sahen, wussten wir es sofort, ihr solltet es sein. Ein hilfloser Versuch, Corin von weiteren Fragen abzuhalten. Ihr konntet gerade laufen und standet vor uns, hieltet euch an den Händen, als wolltet ihr jedem sagen: uns gibt es nur zusammen. Lebt er wohl noch, mein Vater? Vor dieser Frage hatte Lisbeth am meisten Angst gehabt. Sie entschied sich aber für die einzige Antwort, die ehrliche: nein, er ist vor ungefähr 5 Jahren gestorben, das hat uns das Jugendamt mitgeteilt.

Völlig überrascht von der Antwort eines zehnjährigen Mädchens: wir haben euch und ihr seid unsere Eltern, streckte Corin ihre Arme aus und zog Lisbeth zu sich ins Bett. Lisbeth versuchte ihre Tränen zu unterdrücken, was ihr aber nicht gelang. Warum weinst du Mama? Lisbeth traute ihren Ohren nicht, Corin hatte ganz betont M a m a gesagt. Weil wir unendlich glücklich und dankbar sind, dass wir euch beide haben. Bitte hab keine Scheu, du kannst mich alles fragen, was dich bedrückt. Heute Abend nicht mehr, vielleicht morgen. . . Schlaf gut mein geliebtes Kind und träum etwas Schönes. Lisbeth verließ leise das Zimmer, ihr war das Herz aufgegangen bei der Reaktion dieses Kindes. Obwohl sie große Erleichterung empfand, spürte sie fast gleichzeitig, dass es mit Gus nicht so einfach werden würde. Corin war sanftmütig und immer zufrieden. Gus war eigentlich genau das Gegenteil. Kristof erklärte es immer mit den Worten: das sind Jungens, ich war auch so. Lisbeth und Kristof saßen in dieser Nacht noch lange in der Küche.

Um Corin müssen wir uns wohl keine großen Gedanken machen, sagte Lisbeth. Ach, um Gus auch nicht, der hat nichts dazu gesagt. Verwundert schaute Lisbeth ihn an und sagte nur: Kristof, genau deswegen, genau deswegen! Du wirst es nicht glauben, aber so habe ich es bei ihm erwartet, das macht die Angelegenheit gefährlich, denk an meine Worte. Was ihr Frauen nur immer habt, nehmt es doch einfach mal so hin und macht nicht immer ein Drama aus allem.

Lisbeth sollte Recht behalten. Gus wurde rebellischer, hielt sich nicht mehr an Zeitabsprachen, wurde unzuverlässig. Es war ein schleichender Prozess. Lisbeth war so manches Mal versucht, diese Veränderungen mit der Pubertät zu entschuldigen. Hätte sie nicht gleichzeitig festgestellt, wie Gus ganz subtil Einfluss auf Corin nahm. Da Lisbeth aufgrund dieser einschneidenden Veränderungen automatisch sensibler reagierte, blieb ihr nichts verborgen, nicht die kleinste Kleinigkeit.

In Gus stecken zwei Persönlichkeiten. Der Gus, der ganz lieb sein konnte, wenn er etwas wollte und der Gus, der seinen Willen nicht bekam. Sein Gesicht veränderte sich dann schlagartig derart, dass Lisbeth es nicht in Worte fassen konnte, hätte sie es beschreiben sollen. Und nicht nur das Gesicht, sondern die ganze Körperhaltung, ja sogar die Stimme ergaben einen völlig fremden Menschen. Corin fing ebenfalls an, sich zu verändern. Pubertäre Grenzüberschreitungen, nannte es Kristof. Lisbeth hätte es gern auch so gesehen. Tat sie auch, aber nicht lange. Eben diese fand Corin irgendwann interessanter und cooler und schloss sich Gus einfach an. Ein ganz neues Gefühl, eine winzige Knospe, die in ihr zu sprießen begann . Rebellischer zu sein, einfach mal den eigenen Kopf durchsetzen, Widerworte geben und die verdutzten Blicke der Eltern zu erleben. Ein Hochgefühl, welches sie genoss. Aber für sie gab es Grenzen, sie wollte nicht respektlos sein und ihnen weh tun. Manchmal wollte sie das nicht, wie Gus sich benahm, aber sie traute sich dann auch nicht, etwas zu sagen. Später. . . schob sie es auf, gleichzeitig wollte sie aber Gus auch nicht in den Rücken fallen. Die Atmosphäre im Haus veränderte sich. Corin merkte sehr wohl, dass Gus begann, über sie zu bestimmen, ihre Entscheidungen, waren sie einmal anders als seine, nicht zu akzeptieren. Warum konnte nicht alles so bleiben, wie es war, warum war alles nur immer für eine bestimmte Zeit. Nicht konnte man festhalten für die Ewigkeit. Sie war doch zufrieden mit ihrem Leben. Das ist doch alles normal, in der Schule läuft es und sie müssen doch ihre Grenzen austesten. Lisbeth war es leid, immer dagegen zu halten und wünschte sich, er habe Recht. In der Schule lief es nicht, jedenfalls nicht bei Gus. Als zufällig ein persönlicher Kontakt zwischen Lehrerin und Lisbeth zustande kam, fiel Lisbeth aus allen Wolken. Gus hatte schon etliche Tage gefehlt, immer mal wieder, und seine Leistungen gingen den Bach runter, hinzu kamen einige Unterschriften, die eindeutig von ihm gefälscht waren. Lisbeth war außer sich, als sie Inga Lund in dem kleinen Buchladen traf und diese kurz berichtete, wie es um den Jungen stand. Lisbeth versprach, die Angelegenheit zu beordnen und vereinbarte schon für den nächsten Tag einen Termin in der Schule, welche sie beide auch schon als Kinder besucht hatten. Als Lisbeth schon fast zur Tür hinaus war, fragte Frau Lund nur: sind ihre Kinder krank? Lisbeth war sprachlos, tat so, als habe sie nichts mehr gehört und rannte zum Auto, in dem Kristof auf sie wartete. Als sie kurz berichtet hatte, was sie gerade erfahren hatte, sagte Kristof nur: bitte sag jetzt nicht, du hättest es alles gewusst oder kommen sehen oder wer weiß, was noch....Du glaubst doch nicht im Ernst, dass ich darüber noch triumphieren könnte? Wie gut kennst du mich eigentlich? Entschuldige bitte, so habe ich es nicht gemeint. Dann sag so etwas auch nicht. Wenn sie heute nicht in der Schule waren, was haben sie dann gemacht? Wir werden gleich als erstes ihre Zimmer inspizieren, denn zuhause waren sie ja heute Vormittag nicht.

Als sie die Auffahrt passierten, sprang Lisbeth aus dem Auto, obwohl es noch gar nicht richtig stand, blieb mit ihrer Tasche am Gurt hängen und verdrehte sich den Arm. Kristof zog es vor, den Mund zu halten. Die Worte "pass auf" blieben ungehört im Auto, denn die Tür flog mit einem lauten Knall zu, ehe Kristof ausgeatmet hatte. Er folgte seiner Frau langsam, wohl ahnend, was ihn im Haus erwartete. Als die Haustür hinter ihm ins Schloss fiel und er den Schlüssel wie in Zeitlupe in die Schale des kleinen Telefontisches legte, als sei es ein rohes Ei, kam Lisbeth schon wieder herunter gerannt. Sie sind beide weg, ihre Rucksäcke und diverse Kleidungsstücke ebenfalls.

Was hat das zu bedeuten? Ich weiß es nicht, ich weiß es doch leider auch nicht. Dieser fast gequälte Unterton zeigten ihr, dass er keine beschwichtigende Ausrede mehr parat hatte. Gehören wir auch zu den Eltern, die nichts mitbekommen, was ihre Kinder anstellen, was ist hier schief gelaufen? Lisbeth, beruhige dich, vielleicht gibt es eine ganz einfache Erklärung, antwortete Kristof aber nicht ganz so überzeugend, wie er selber feststellen musste. Ich geh in die Garage und sehe nach, was dort fehlt. Lisbeth traute sich kaum ihm zu folgen, was sie aber dennoch tat. Das kleine grüne Zelt und die beiden Schlafsäcke fehlen. . .

Wir müssen in Gus Zimmer gehen und nach irgendwelchen Indizien suchen, was die beiden veranlasst haben könnte, ihr Zuhause zu verlassen, ohne uns etwas zu sagen. Der Schreibtisch war aufgeräumt, der Laptop natürlich nicht da. Vielleicht hat er etwas in Erfahrung gebracht von seiner Mutter und nun will er zu ihr. Das kann und will ich nicht glauben, flüsterte Lisbeth, und er hat Corin überredet mitzukommen. Sie sind jetzt 16 Jahre alt und somit haben sie das Recht, alles über ihre Herkunft zu erfahren. Wir müssen beim Jugendamt anrufen. Die müssen uns doch sagen, ob er die Auskunft bekommen hat, sagte Lisbeth, während sie das Telefonbuch schon in Händen hielt und aufgeregt die Seiten umblätterte. Ein Blick auf die Uhr sagte ihr jedoch, dass sie dort niemanden mehr erreichen würden. Trotzdem versuchte sie es und legte resigniert das Telefon wieder auf die Station. Bitte beruhige dich Lisbeth, es ist ihnen ja nichts zugestoßen, es ist ihr freier Entschluss etwas über ihre Herkunft herauszufinden. Gus sicherlich, aber Corins nicht, er hat sie dazu überredet, davon bin ich überzeugt. Woher willst du das denn wissen? Was ändert es denn ? Sie sind beide weg, weg, weg, weg. . . . begreife es endlich. Sie blickte ihn mit unendlich traurigen Augen an und bemühte sich krampfhaft, nicht in Tränen auszubrechen. Vielleicht wollen sie uns einfach nur ein wenig Angst machen. Hat es in den letzten Tagen besonderen Streit gegeben wollte Lisbeth wissen, hast du Gus vielleicht zu hart in seine Schranken gewiesen? Lisbeth, du weißt, wie nachsichtig ich immer bin. Ich hätte es wohl besser nicht so locker laufen lassen sollen, das könnte der Grund sein. Ja aber Corin, wieso tut sie so etwas? Du weißt genau wie ich, wie Gus sein kann und Corin hat sich schon seit längerem von ihm stark beeinflussen lassen. Manchmal hatte ich das Gefühl, sie himmelt ihn förmlich an, sie bewundere ihn. Er ist eine starke Persönlichkeit, das hat er uns schon als kleines Kind gezeigt. Erinnere dich bitte an den Teil unserer Ausbildung, diese Menschen haben besonders Sensoren und suchen sich stets ein Pendant, welches sie manipulieren können. Schwache Menschen mit dem Bedürfnis nach Liebe, Zuneigung, Anerkennung finden anfangs dort alles, wonach sie suchen. Wenn erst einmal das Vertrauen gewonnen ist, entsteht Abhängigkeit, d. h. durch die Stärke, die er ihr vermittelt, gibt er ihr Sicherheit und dann. . . dann haben Menschen wie Gus ein leichtes Spiel. Ja, aber . . . Lisbeth versuchte es vorsichtig, das ist doch perfide. Kristof, ich habe den Eindruck, als wenn du dir schon deine Gedanken gemacht hat. . . Warum, sie hat doch die Geborgenheit bei uns. Kristof zog es vor, nicht darauf zu antworten, da er in der Vergangenheit für Lisbeths Bedenken stets simple Erklärungen parat hatte. Ja, aber es gehören doch immer zwei dazu, der eine, der es tut und der andere, der es mit sich machen lässt, versuchte Lisbeth es noch einmal, erkannte aber, wie sinnlos dieser Satz war. Stimmt wohl, sagte Kristof, aber begreif bitte, das Corin sein Opfer ist und vielleicht sieht sie in ihm auch mehr als einen Halbbruder, der er noch nicht einmal rechtlich ist. Sie sind beide in einem Alter, wo das andere Geschlecht interessant wird und es könnte doch sein, das sich auch in dieser Hinsicht etwas entwickelt hat. Diese Machtspielchen finden doch in jeder Familie statt, wo Eltern langsam ihren Einfluss verlieren und Freunde es leichter haben. Du hast recht Kristof, wir sind aber nicht jede Familie. . . Lisbeth, bitte, es bringt doch nichts, lass uns doch erst einmal abwarten, was die beiden vorhaben, vielleicht sitzen sie schon morgen wieder an unserem Tisch und sagen, dass es ihnen leid tut. Nun war es Lisbeth, die es vorzog, nicht zu antworten. Das Abendessen verlief schweigsam. Lisbeth und Kristof gingen ins Bett und wie üblich nahmen sie sich ihre Lektüre vor. Mittlerweile war es ein Ritual geworden, so gemeinsam den Tag zu beenden. Ein schönes Ritual, um das sie alle in ihrem Freundeskreis beneideten, denn dieser Abschluss des Tages gehörte nur ihnen, eins ihrer zahlreichen Rituale. Nur heute stellte sich keine Ruhe ein, das Gegenteil war der Fall. Beide horchten auf jedes Geräusch in der Hoffnung, die beiden Kinder würden lachend zur Tür hereinkommen. Lisbeth legte ihr Buch auf den Nachttisch und kroch stumm zu Kristof unter die Bettdecke. Kristof legte seine Jagdzeitschrift auf den Boden und nahm Lisbeth ganz fest in den Arm. Alles wird wieder gut flüsterte er ihr ins Ohr. Dieser spontane körperliche Akt war für beide Wut, Verzweiflung und Entspannung für einen Augenblick. Die Realität hatte postum wieder die Oberhand. Was tue ich nur, sagte Lisbeth mehr zu sich selbst, unsere Kinder sind verschwunden und ich? Lisbeth, bitte, wir lieben uns und werden es gemeinsam durchstehen. Was heißt denn durchstehen, Kristof, verdammt, verdammt, verdammt. Jetzt werden alle, die uns gewarnt haben, Kinder zu adoptieren, dazu noch mit diesen Vorgeschichten, ihre Bestätigung haben. Ja und, was interessiert es uns, es war unsere gemeinsame Entscheidung, wir brauchten keine Ratschläge und brauchen sie auch jetzt nicht. Lisbeth, mit dir würde ich es jeder Zeit wieder Kinder adoptieren, nur mit dir, ich liebe dich mehr als mein Leben und das weißt du. Lisbeth legte sich wieder an seine Seite, Kristof ich liebe dich, seit wir uns das erste Mal begegnet sind und das, was du eben gesagt hast, du würdest es immer wieder mit mir tun, ist einfach wundervoll, wie eine weitere Liebeserklärung, nur auf eine anderen Ebene. Dass Kinder einen anderen Weg gehen, Lisbeth, als die Eltern es sich wünschen, denk an deine Cousine. Ole hatte alles, was er sich wünschte und trotzdem geriet er in einen kriminellen Freundeskreis und fühlte sich dort wohler als in seinem Elternhaus. Der Mann meiner Cousine ist ein Psychopath, ein widerliches Ekel, meine Cousine hätte sich von ihm trennen müssen, aber sie war zu schwach.

Ich glaube, dass sie es sich nicht eingestehen wollte und es so lange wie möglich vor uns allen geheim hielt, vielleicht auch in der Hoffnung, dass ihr Mann sich ändern würde. Alle hatten sie gewarnt, er war von Anfang ein Dummschwätzer, ein Prahler, ein Psychopath, ein Blender. Nun ist sie ein psychisches und physisches Wrack und hat keinen Kontakt mehr zu ihrem Sohn, weiß nicht einmal wo er ist und ob er überhaupt noch lebt. Ihr Mann hat sie vollkommen vereinnahmt und unter Kontrolle, sie hat kein Leben mehr, sie funktioniert nur noch für ihn, ein Alptraum. Irgendwann schliefen sie ein und wachten auf von einem Geräusch. Beide sprangen aus dem Bett, die Treppe hinunter und rissen die Haustür auf. Es war wohl die Markise, wir haben sie gestern nicht eingerollt und der Wind hat sie gerüttelt. Lisbeth setzte sich auf die Holztreppe der Veranda und hielt ihren Kopf mit beiden Händen. Ich koche uns jetzt einen Kaffee und dann werden wir einen Plan entwerfen, wie wir weiter vorgehen, sagte Kristof. Wir haben auch noch einen Arbeitsplatz. Unser Dienst beginnt um 9.00 Uhr, so können wir vorher noch die

Vermisstenanzeige aufgeben und beim Jugendamt nachfragen, ob Gus sich dort gemeldet hat. Ich glaube, ich kann nicht arbeiten, sagte Lisbeth. Doch meine Liebe, das kannst du, denk an die Kinder, die uns brauchen und sich auf uns freuen und du bist abgelenkt, glaube mir. Beständigkeit ist doch auch ein ganz wichtiger Faktor bei diesen Kindern, Lisbeth, sie verlassen sich auf uns. Kristof, warum hat es bei uns nicht funktioniert? Wir trinken jetzt erst einmal einen Kaffee und dann sehen wir weiter. Sie duschten, zogen sich an und machten sich auf den Weg zur Polizeistation in der Larsarettsgatta in Evangeliare. Lisbeths Augen versuchten beim Verlassen des Grundstücks noch einmal alles zu erfassen in der Hoffnung, irgendeine vertraute Bewegung zu erhaschen. Kristof legte seine rechte Hand auf ihre linke, die sie nervös auf ihrem Oberschenkel hin und her rieb. Unterwegs wanderte ihr Kopf ständig von rechts nach links und umgekehrt. Kristof ließ es unkommentiert und versuchte es mit einem Hinweis auf den bevorstehenden Ausflug mit ihren Schützlingen, der in der nächsten Woche stattfinden sollte. Jedes Jahr fuhren sie nach dem Mitsommerfest mit den Kindern in den nahegelegenen Muddus Nationalpark. Mit Gus und Corin hatten sie ebenfalls unzählige Ausflüge in diesen großem Naturschutzgebiet unternommen.

Kapitel 4.

In der kleinen Stadt Gällivare mit ihren fast 8.500 Einwohnern war Betrieb, viele Touristen nahmen den Ort als Anlaufstelle für ihre Tagesausflüge oder mehrtägige Touren zu Fuß oder mit dem Rad in den Muddus. In den Supermärkten und bei den Campingausstattern bekamen sie alles, was sie benötigten.

Die Parkplätze waren alle besetzt, so dass Kristof direkt auf das Gelände der Polizeistation fuhr, ein anderer Besucher verließ das Gelände just in dem Augenblick und hinterließ eine freie Lücke. Es wäre gut, wenn Edvin Dienst hat, sagte Kristof während sie das Gebäude betraten. Kristof kannte den Weg, da er in seiner Funktion hin und wieder hier zu tun hatte. Nach einem kurzen Anklopfen betraten sie Edvin Dienstzimmer. Er saß hinter seinem Laptop, neben ihm eine junge Frau, die offensichtlich Anweisungen von ihm erhielt. Als er zur Tür sah und Kristof und Lisbeth erblickte, wich seine strenge Miene dem freundlichen Lachen, was alle an ihm schätzten. Für einen

Moment vergaß dann jeder, weswegen er dieses Gebäude betrat, denn Edvins freundliches zuversichtliches Wesen vermittelte den Eindruck, dass alles gar nicht so schlimm ist und er für alles eine Lösung parat hat. Kristof und Edvin kannten sich von der Schule, vom Handball und von den ersten pubertären Streifzügen in die Welt des anderen Geschlechts, bis beide ihre eigenen Wege der Ausbildung gingen. Schön war es, als sie sich in ihrem Heimatort wieder trafen und auch die beiden Frauen einander mochten. Leichte atmosphärische Störungen stellten sich ein, als Ebba schwanger wurde. Aber diese überwanden die vier, als Kristof und Lisbeth ihre beiden Adoptivinder bekamen Hallo ihr zwei, was gibt es, was führt euch zu uns?? Wir haben ein großes Problem Edvin, deswegen kommen wir beide, unsere Kinder sind verschwunden. Kommt, setzt euch, er zeigte auf die Besucherecke, wollt ihr einen Kaffee? Nein, Edvin danke. Was ist passiert, begann er ohne Umschweife. Also, begann Lisbeth, gestern in der Bücherei traf ich Gus Lehrerin und sie erzählte mir, dass die beiden nicht in der Schule waren und fragte, ob sie erkrankt seien. Nein, redete sie weiter, sind sie nicht. Sie legte zwei Fotos von den beiden unaufgefordert vor sich auf den Schreibtisch, die sie die ganze Zeit mit beiden

Händen immer hin und her, eines vor das andere geschoben hatte. Zuhause stellten wir fest, dass einige ihrer persönlichen Sachen einschließlich Zelt und Schlafsäcke fehlen. Hmm, begann er subtil, gab es Probleme, Streit. . Wie auf Knopfdruck wurde ein Stuhl zurückgeschoben und die junge Frau kam zu ihnen in die Sitzecke. Kristof und Lisbeth sahen sie an, als sie sich vorstellte, ich heiße Signe und absolviere z. Zt. ein Praktikum im Rahmen meiner erweiterten forensischen Ausbildung, ich setz mich einfach mal dazu. Beide nickten, während Edvin sie nur missbilligend ansah. Ihre Kinder sind verschwunden, begann sie, seit gestern und da kommen sie erst jetzt? Edvin empfand Unbehagen, dass sie einfach die Befragung übernahm. Warum haben sie sich...., Edvin versuchte vergeblich ihren Blick aufzufangen und antwortete, die beiden arbeiten in der örtlichen Einrichtung, die sich um Kinder kümmern, die vom Weg abgekommen sind. Sie wissen aus Erfahrung, dass es häufig vorkommt, gerade in diesem Alter und dass die meisten innerhalb von 48 Stunden wieder zurück sind. Sie hatte Blut geleckt, ignorierte Edvins Einwand. Mag schon sein, aber wenn persönliche Sachen, Zelt und Luftmatratzen fehlen, sollte man da nicht. . . Es reicht Signe, würdest du dich bitte um die Unterlagen kümmern, um die ich dich gebeten hatte? Ihre Gesichtsfarbe färbte sich merklich, aber nicht vor Scham sondern vor Wut, als sie ihren Platz verließ und an den Schreibtisch zurückkehrte. Unerträglich für sie, dass sie jemand vor Publikum zu recht wies. Edvin überging dieses kleine Intermezzo professionell und war mit seinen Gedanken sofort wieder bei Kristof und Lisbeth. In Kurzfassung erklärte Kristof die kleinen Veränderungen primär bei Gus. Ich meine, dass diese Entwicklung begann, als wir ihnen sagten, sie seien nicht unsere leiblichen Kinder, wohlgemerkt bei Corin war es erst nicht zu spüren. Es war fast so, als hätte Gus dieses forciert und Corin ganz allmählich auch auf diesen Pfad geführt. Edvin verstand den Wink und schlug vor, direkt Kontakt zum Jugendamt aufzunehmen um zu erfahren, ob dort ein Gespräch stattgefunden hat. Er hatte Glück und Tyra Mikkels, die Leiterin, war sofort am Apparat. Tyra, begann er, du kennst Gus und Corin Sjöberg, die Kinder von Kristof und Lisbeth, es war keine Frage sondern eine Feststellung. Ja, was ist mit ihnen? Hat es kürzlich ein Gespräch mit den beiden gegeben? Es war still, Tyra bist du noch dran? Ja, Edvin, ich bin noch dran und ja, es hat ein Gespräch gegeben. Ist etwas passiert?

Die beiden sind verschwunden, Lisbeth und Kristof sitzen mir gegenüber und machen sich große Sorgen. Können sie zu dir kommen, denn am Telefon und dann über Dritte. . . Wenn sie jetzt gleich kommen können, wäre es nicht schlecht, denn in einer Stunde habe ich einen Termin außer Haus. Mit Blick auf die beiden sagte Edvin zu, sie kommen direkt zu dir. Die beiden sprangen auf und verließen fast fluchtartig den Raum ohne sich zu verabschieden. Edvin setzte sich wieder zu seiner Praktikantin. Da diese den kleinen Vorfall nicht auf sich beruhen lassen wollte, Edvin dieses aber bereits erahnte, setzte er sich mit den Worten: bitte erspare mir deinen Kommentar, ich möchte nicht, dass du dich unaufgefordert dazusetzt, geschweige denn, unaufgefordert die Befragung übernimmst. Diese beiden sind Freunde von mir und ich möchte, dass du meine Entscheidung respektierst und akzeptierst. Da sie sich damit nicht zufrieden gab, Luft holte... ich finde es nicht gut, wie du mich hier vorgeführt hast. Signe, um es jetzt und hier zu beenden, es geht nicht um dich, sondern um die Kinder der beiden. Ja genau, fing sie wieder an. . . Edvin sprang förmlich von seinem Stuhl, der mit einem gewaltigen Knall gegen die Wand krachte. Ohne ihn aufzuheben rannte er aus dem Zimmer, lief über den Flur nach draußen und stellte sich in den Hof um sich eine Zigarette anzuzünden. Seiner Frau erzählte er schon seit geraumer Zeit, er habe damit aufgehört und der Geruch in seiner Uniform von den Kollegen stamme. Was, dachte er, sind da die kleinen Diskussionen um unaufgeräumte Zimmer, vergessenes Badezeug, was seit einer Woche in der Sporttasche vor sich muffelte oder Fahrräder, die auf der Auffahrt lagen. Wer weiß, was ihnen in der Zukunft noch bevorstand. Das Gebäude des Jugendamtes befand sich in der gleichen Straße, so dass sie den Wagen stehen ließen. Sie warteten nicht auf den Fahrstuhl und rannten die Treppe förmlich in den 2. Stock . Dem kurzen Anklopfen folgte ein "Herein" von Tyra. Sie erhob sich und ging den beiden entgegen, begrüßte sie mit einem festen Händedruck und bat sie, Platz zu nehmen. Lisbeth, Kristof sagte sie, während sie die Akte aufschlug, die sie bereits in der Hand hielt. Gus war vor kurzem hier bei mir, kurz nachdem er 16 Jahre alt wurde. Er wollte wissen, wer seine Eltern sind und ich musste es ihm sagen. Sein Vater ist ja, wie ihr wisst, mittlerweile verstorben, seine Mutter spurlos verschwunden. Aber, das genügte ihm nicht, er wollte mehr über die Familien wissen, die ihn im Stich gelassen haben, so waren seine Worte. Lisbeth empfand diese Worte als

Stiche ins Herz und Kristof nahm ihre Hand, da er wohl in diesem Augenblick ähnlich fühlte. Würdest du uns auch die Namen der Familien mitteilen ich kann mir vorstellen, dass er versuchen will, Kontakt aufzunehmen. Die Familie des Vaters, oder besser gesagt, was davon übrig ist, ist eine demente Mutter, also Gus Großmutter, die in einer Pflegeeinrichtung lebt. Seine Mutter ist wie gesagt spurlos verschwunden, aber ihre Eltern leben noch, sie betreiben das Camp Äventyr am Nationalpark Muddus...

Es herrschte eine bleierne Stille, die Tyra beendete: es tut mir leid, mehr kann ich euch nicht sagen. Gus war sehr aufgebracht und zornig, sein Gesichtsausdruck veränderte sich schlagartig, war nicht wieder zu erkennen. Ich war sehr erschrocken über sein Verhalten.

Corin sagte nichts, es hatte den Anschein, als habe er es ihr verboten. Sie hatte eine völlig versteinerte Mimik und ihre Augen blickten traurig, resigniert. Die beiden Pflegeeltern standen auf, mühten sich ein Danke Tyra ab und verließen das Büro. Kristof ging noch einmal zurück und sah Tyra am Fenster stehen, ich denke, du hättest uns davon in Kenntnis setzen können, dann wären wir vorbereitet gewesen, wie denkst du darüber? Diese überlegte für einen kurzen Moment, ihnen weitere Hilfe anzubieten, entschied sich aber dagegen, der Vorwurf war gerechtfertigt. Kristof wartete auf keine Antwort und schloss die Tür. Der Weg zum Auto verlief wortlos, beim Öffnen der Tür sagte Lisbeth, was machen wir jetzt? Wir fahren jetzt zur Arbeit, die Kinder warten auf uns. Fremde Kinder warten auf uns Kristof, fremde Kinder und unsere eigenen. . ., worauf warten die???

Ja, du bringst es auf den Punkt, aber wir werden es herausfinden, das verspreche ich dir. Wir machen noch einen Umweg und sehen zuhause nach, wir kommen eh zu spät. Das Haus und das Grundstück zeigten keine Veränderungen, kein Zelt, keine Schlafsäcke lagen im Weg, nichts deutete auf die Rückkehr ihrer Kinder hin. Lisbeth begann hemmungslos zu weinen, Kristof nahm sie in die Arme und sagte nichts, da es auch ihm die Kehle zuschnürte.

Sie stiegen ins Auto und fuhren schweigend zu ihrem Arbeitsplatz „Levnader". Jeder hing seinen Gedanken nach, als sie den Parkplatz des Hauses erreichten. Wir sagen noch nichts, bevor wir nicht Klarheit haben raunte Kristof, Lisbeth blickte ihn kurz von der Seite an, was er als Zustimmung deutete. Synne Thorvaldsen kam ihnen mit einem demonstrativen Blick auf die Uhr und einem knappen guten Morgen entgegen. Ja, wir freuen uns auch, dich zu sehen, kam von Lisbeth. Den Gefallen einer Entschuldigung oder des Stehenbleibens taten sie ihr nicht. Für einen Moment war Lisbeth versucht, sich umzudrehen, ließ es aber. Ihre Gruppen waren aufgeteilt, wie zu erwarten, da sie nicht ohne Aufsicht sein durften. Kristofs Zöglinge waren 6 heranwachsende junge Männer im Alter von 14 – 16 Jahre. Sein Kollege Levander hatte sie unter seine Fittiche genommen und gerne für die Gartenarbeit mit eingeteilt. Als er Kristof kommen sah, ging er auf ihn zu und begrüßte ihn freudig. Ist etwas passiert, fragte er, da es ungewöhnlich war, dass Kristof zu spät war. Ich habe von Lisbeth verlangt, den Mund zu halten, aber ich brauche mal eben das Ohr eines Mannes oder Vaters besser gesagt. Was gibt es, mein Freund, wie kann ich dir helfen? Kristof sah ihn an und holte Luft, . . . versprochen, kam Levander ihm zuvor, zu keinem ein Wort. Die beiden Männer verstanden sich, sie hatten schon so manche prekäre Lage zusammen gemeistert und konnten sich aufeinander verlassen. Gus und Corin sind weg. Was heißt weg? Was hast du an den 5 Wörtern nicht verstanden? Gleichzeitig entschuldigte er sich für seinen rüden

Ton, Zelt, Schlafsäcke, Zahnbürsten, Klamotten, alles, was man einpackt, wenn man für länger . . . oder aber auch ganz verschwinden möchte. In diesem Moment spürte er einen leichten Schwindel, als wenn er sich der Tragweite seiner Worte erst jetzt richtig bewusst wurde. Nun mal immer mit der Ruhe, das kommt in der besten Familie vor, du weißt, über 75% aller Ausreißer sind am nächsten Tag wieder da. Weil sie Hunger haben, frieren, nicht draußen schlafen mögen oder die Kohle alle ist. Levander, das sind unsere Erfahrungen oder die irgendeines Sesselfurzers aus einer Arbeitsbeschaffungsmaßnahme, der Statistiken baut. Nein, unsere beiden, oder genauer gesagt, Gus ist die treibende Kraft, haben etwas vor. Ich weiß nur noch nicht was, kann es mir aber denken. Warte mal kurz, Levander ging zu 2 Jugendlichen, deren Unterhaltung nicht mehr so ganz im Einklang schien. Als er zurückkam, ging es wieder los, Levander verdrehte die Augen, tut mir leid Kumpel, ich muss da noch mal hin, können wir nachher in Ruhe reden? Ja, kein Problem sagte Kristof wusste aber auch, dass er es gar nicht wollte, weiter über seine Kinder reden, immer das gleiche reden. Die Tussi vom Jugendamt hatte die gleichen Fragen gestellt wie Edvin und Levander würde wieder die gleichen Fragen stellen. Gab es Streit, irgendwelche Auffälligkeiten, Veränderungen. . .?? Habt ihr denn gar nichts gemerkt, fand er besonders erniedrigend. Er stellte sich schon die Schlagzeile im Tagesblatt vor: Sozialfuzzis sind nicht in der Lage auf ihre eigenen Kinder aufzupassen und ihnen werden fremde anvertraut. Der verschwindend kleine Anteil des Zweifels, fremde Kinder zu adoptieren, war wieder da und dieser Zweifel hatte plötzlich eine Stimme. Er wollte diese Stimme nicht hören und sagte laut, es gibt keine Erkenntnis darüber, ob bei adoptierten Kindern mehr schief läuft als bei leiblichen. In Gedanken ging es weiter: aber keiner weiß es besser als wir, wie sich Kinder entwickeln, die aus kaputten Familien kommen. Wie viele Bemühungen vergeblich sind, wie hoch die Rückfälle sind, wieder in die Kriminalität abzudriften. Die fehlende Liebe der Eltern in den Kinder- und Jugendjahren macht sie vollkommen gefühlskalt und emotionslos, Empathie ist für sie ein Fremdwort. Ein weiteres Stadium ist das Urvertrauen, das einem jungen Menschen fehlt, der in keine Geborgenheit und Fürsorge hineingeboren wurde. Diese jungen Menschen haben einen Panzer um sich, den kaum einer durchdringen kann. Kristof erinnerte sich an einen Satz von Gus: ich werde nie jemanden so nah an mich heranlassen, dass er mich verletzen kann. Bei Corin war er sich nicht so sicher, Lisbeth war zu ihr durchgedrungen, sie war einfacher, zugänglicher. Nur hat Gus dann irgendwann das Zepter übernommen und den Zeitpunkt haben wir nicht bemerkt. Diese Erkenntnis tat ihm weh, physisch aber auch psychisch. Lisbeth kam zu ihm nach draußen, Mette hat meine Kleinen bei sich in der Gruppe und meint, wir sollen einfach heim fahren. Ja, ich habe es ihr gesagt und ja, es ist gegen unsere Abmachung und ja, sie behält es erst einmal für sich. Ist schon OK, ich habe es Levander auch erzählt, er hat doch ebenfalls gemerkt, dass bei uns was nicht stimmt. Wie sich das anhört, was nicht in Ordnung. . . Wie würdest du es denn beschreiben, Lisbeth. Du hast ja recht, dieses: was sollen denn die Leute denken, sollten wir möglichst bald ausblenden. Wir fahren jetzt heim, trinken einen Kaffee und überlegen uns genau, wie wir weiter vorgehen werden. Das war eines der Attribute Kristofs, nüchtern und pragmatisch zu denken und entsprechend zu handeln ohne emotionslos zu sein. Leider bestimmten Emotionen ihre Denkweise in erheblichem Maße, was sie aber ungern zugab. Kurioserweise war die Angst um die Kinder im Moment verschwunden. . . weil sie ganz einfach Wut empfand und zwar nicht auf sich selbst sondern eben gerade auf diese. Genauer gesagt auf Gus. Sie hatten doch alles gegeben...

Kapitel 5.

Gus fühlte sich angenehm erleichtert ohne Ballast. Er hatte beschlossen, das Zelt und die Schlafsäcke zu holen und zu vernichten, dieses würde er nicht mehr brauchen, dort wo er hin wollte. Er würde sich das holen, was man ihm sein ganzes Leben verwehrt hatte. Nicht Liebe und Zuneigung, nein, dieses in Bares umgewechselt hochgerechnet auf 16 Jahre.

Er hatte bei der Fotze im Jugendamt die Chance genutzt, als ihre Chefin sie kurz auf den Flur bat. Seine Akte war sehr übersichtlich, der 2. Teil interessierte nicht, es war der von seiner halben Stiefschwester, oder verstieften Halbschwester oder was auch immer sie war, sie interessierte ihn nicht mehr. Sein Vater war gestorben, nun denn, Pech für ihn. Seine Mutter unauffindbar, aber ihre Eltern betrieben ein Camp ganz in der Nähe. Es existierte noch eine Halbschwester laut Akte, wer weiß, wie viel Kinder noch, dachte er, bei diesen verwahrlosten Kreaturen. Er empfand nichts außer grenzenlosem Hass und Verachtung: Kin-

der in die Welt setzen, kein Verantwortungs-
gefühl, völlig überflüssig und entbehrlich. Oft
hatte er sich gewünscht oder ausgemalt, ihnen
zu begegnen und ihnen all das vorzuwerfen
und dann, ja dann einfach zu gehen, ohne ihnen eine Chance der Rechtfertigung zu geben.
Stehenlassen und gehen, unzählige Male hatte
er sich diese Situation gewünscht und nicht
ausgemalt, innigst gewünscht. Er ging nicht
auf diesem direkten Weg zurück, sondern
schlug einen Haken. Es war unerträglich warm
und die Mücken taten ihr Übriges, den Aufent-
halt im Wald zu einer Tortour zu machen. Sie
krochen in alle sichtbaren Körperöffnungen,
einfach zum Kotzen. Als er den Zeltplatz erreichte, entschied er sich kurzfristig, das Zelt
und die Schlafsäcke auf dem Grillplatz zu ver-
brennen. Es brannte sofort, qualmte und stank
aber entsetzlich. Gus wusste, dass diese Aktion
nicht erlaubt war, glaubte aber, durch die dicken Findlinge als Umrandung der Feuerstelle
an keine reale Gefahr für den Wald. Da er aber
auch keine große Lust hatte zu warten, bis alles runter gebrannt war, verließ er die Feuerstelle. Tuvas Nase hatte kaum weniger Ge-
ruchsnerven als ein Hund und sie ortete den
Brandherd nach der Windrichtung. Es sah aus
der Ferne schlimmer aus, als es in Wirklichkeit
war, wie sie am Ort des Geschehens feststellen

konnte, Gott sei dank. Sie benötigte nicht einmal mehr Wasser um zu löschen, tat es aber trotzdem mit einem Eimer voll aus der Wasserleitung am Holzunterstand neben der kleinen Hütte, welche für jedermann zugänglich war. Ein kaum wahrzunehmendes Zischen bereitete dem Ganzen ein Ende. Es war der Platz, der ihr am Vormittag Unbehagen bereitet hatte. Das grüne Zelt war nicht mehr an seinem Platz, aber sie konnte erkennen, dass es die Ursache für das Feuer gewesen war. Warum verbrennt jemand auf seiner Wandertour sein Zelt, die anderen bunten Fetzen konnten Reste von einem Schlafsack oder Decke sein.

Kapitel 6.

Wenn dieser Unbekannte keine Lust hatte, seine Utensilien nach Hause zu schleppen, hätte er sie doch einfach liegen lassen können. Warum verbrennt er sie? Das ungute Gefühl war wieder da, dieses Mal hatte es sich vervielfacht. Unglücklicherweise war die Funkverbindung auf diesem Platz gleich Null. Wer hatte hier etwas zu verbergen und vor allem was? Tuvas Herzschlag erhöhte sich wieder, stolperte. Die Schläge kamen ihr zu den Ohren heraus, ein wirkliches Phänomen. Sie musste sich beruhigen, denn so konnte sie nicht hören, was um sie herum geschah. Sie spürte aber, dass sie nicht allein war und das sagten ihr nicht nur die verbrannten Sachen. Sie wollte auf dem schnellsten Weg nach Hause, der andere Steg musste warten. Eine Funkverbindung wäre noch besser. Der Gestank, der Qualm und die Bedrohung schlugen ihr auf den Magen, die Mücken krochen in Nase, Mund, Augen und Ohren. Sie musste einen klaren Kopf behalten und zwang sich, wieder ruhiger zu werden. Ihr war schlecht, kotzübel. Instinktiv ging sie noch einmal ganz langsam Schritt für Schritt zum Dachunterstand zurück, setzte vorsichtig ihr Tragegestell ab und verhielt sich mucksmäuschenstill. Sie würde es dort deponieren, denn so konnte sie sich schneller fortbewegen, falls erforderlich. Es geschah jedoch nichts und sie beschloss, ihren Heimweg schnellstmöglich fortzusetzen. Sie hatte mit aufmerksamen Blicken nach rechts und links einige Meter zurückgelegt, als sie mitten auf dem Weg einen Turnschuh sah pink, kariert. Wer verliert mitten im Wald einen Turnschuh und merkt es nicht? Es war kein alter Schuh, den man los werden wollte, mit einem Schuh kann man höchstens hinken, wo ist der 2. Schuh, und wo ist das Mädchen, dem dieser Schuh gehört? Denn es war eindeutig der Schuh einer weiblichen Person. Sie fand immer wieder sonderbare Gebrauchsgegenstände, die entsorgt wurden, aber niemals auf den Wegen, sondern in den unzugänglichen Bereichen, weil man sie loswerden wollte. Der Schuh war heil, nicht die kleinste kaputte Stelle, nur ein wenig schmutzig, als hätte jemand ihn über den Waldboden schleifen lassen. Oder hatte der große Unbekannte einen Menschen über den Waldboden gezogen, was war hier passiert? Die verbrannten Sachen und der Schuh könnten Mosaiksteine sein. Welches Bild würde am Ende entstehen. Nun war es auch nicht mehr nur ein mulmiges Gefühl, sondern nackte Angst. Sie verließ den Hauptweg und schlug sich vorsichtig durch das Unterholz, verharrte immer wieder kurz, horchte in alle Richtungen, bis sie vor sich den Eingang der kleinen Höhle sah, die sie in Kindertagen immer mit Stian aufgesucht hatte, um dort nach alten Tierknochen zu suchen. Vor dem Höhleneingang hockte ein Mann mit einer Tarnmütze vor dem Gesicht und zerrte an etwas. . . Tuva nahm leise ihr Fernglas, hielt es in die Richtung und erstarrte. . . es war eine junge Frau, die sich augenscheinlich wehrte und merkwürdige Töne von sich gab. Oh mein Gott, was hatte dieser Mann getan? Sie versuchte Ihre Gedanken zu ordnen und bewegte sich so leise und unauffällig wie nur möglich rückwärts. Wieder begann ihr Herz wie wild zu schlagen. Was sollte sie nur tun, war er bewaffnet, würde er auch sie in seine Gewalt bringen? Sie musste versuchen, zur Lichtung zu gelangen und per Funk Hilfe zu holen, was ihr innerhalb weniger Minuten gelang.

Geschafft, mit zitternden Händen nahm sie ihr Funkgerät und wählte die Nr. der Bergwacht.

Nach ihrer kurzen Beschreibung wurde ihr der Einsatz des Hubschraubers zugesichert, er würde in ca. 12 Minuten die Lichtung erreichen. Sie hatte zwar die Anweisung, in Gefahr niemals allein tätig zu werden befolgt, aber kein gutes Gefühl dabei. Was konnte in dieser kostbaren Zeit alles passieren, was hätte sie verhindern können? Ein Geräusch hinter ihr ließ sie erneut zusammenfahren. Sie sah nach hinten und erkannte den Mann mit der Tarnmütze, der vor der Hütte gehockt hatte. Es lief ihr eiskalt den Rücken herunter, vom Hubschrauber war noch kein Geräusch zu hören. Komm schon, dachte sie, nur das leise Klopfen würde genügen, um sich zu beruhigen. Nichts. Tuva, du bist es, bin ich froh, dass du da bist, sagte er, während er sich die Tarnmütze vom Kopf zog. Sie wusste nicht, ob sie lachen oder weinen oder schreien sollte. Johann....du?

Was tust du hier, stotterte sie. Wir hatten Bärenalarm, ich konnte dich nicht erreichen und vor oder besser in der Höhle liegt ein junges Mädchen, übel zugerichtet. Ich habe sie versorgt, aber es geht ihr sehr schlecht, ich befürchte das Schlimmste. Was hast du unternommen, fragte er in einem Ton, den sie von ihm nicht kannte. Du hast uns doch beobachtet? Ich?, ja du, oder siehst hier sonst noch jemanden? Ähhh ich habe den Heli gerufen, antwortete sie etwas zu knapp. Warum bist du nicht hergekommen? Ich habe dich nicht erkannt und konnte nicht so genau. . . Wenn du nicht so genau sehen konntest, wieso hast du dann den Heli gerufen? Man ruft doch nicht so einfach den Heli, das nehme ich dir nicht ab. Stimmte es, was er sagte? Woher wusstest du denn, dass dort jemand in der Höhle liegt? Nun, begann er mit Blick auf ihr Funkgerät, ich wusste es nicht, oder besser gesagt, da waren merkwürdige Schleifspuren, denen bin ich gefolgt. Du meldest dich doch sonst immer vorher an, wollte sie die Konversation in Gang halten und merkte aber im selben Augenblick, wie dumm es war. Ich sagte dir doch, ich hatte die Information, dass hier ein Bär unterwegs sein soll, da kann ich mich doch wohl nicht groß vorher anmelden. Ich wiederhole auch dieses gern noch einmal, ich habe versucht dich zu erreichen, aber wie du selber weißt, ist die Funkverbindung im Wald schlecht. Du warst doch hier unterwegs. Tuva drückte den karierten Sportschuh noch tiefer in ihre seitliche Beintasche, Johann sollte Ihn auf keinen Fall zu Gesicht bekommen, es klang alles nicht sehr überzeugend, was er sagte. Wie lange ist es her, dass du Kontakt zur Basis hattest? 10 Minuten? Ihre Antwort klang eher wie eine Frage, als eine Antwort. In diesem Moment war das vertraute Geräusch des Helis zu hören. Tuva fiel ein Stein vom Herzen. Johan machte einen Schritt in ihre Richtung, sie schreckte zurück, stolperte und fiel rückwärts auf den Boden. Johann stand über ihr, als die Rotorblätter die Luft durcheinander wirbelten. Sie wollte ihn anschreien, ihre Angst herausschreien, als er ihr seine Hand reichte und sagte, komm schnell, wir müssen aus der Schusslinie raus, sonst wirbelt er uns vom Platz. Zeitgleich landete der Hubschrauber während sie wieder auf beiden Beinen stand. Notarzt und Rettungssanitäter sprangen heraus und rannen auf sie zu. Nur ein Gedanke, wo war die Polizei, vergeblich suchte sie nach einer weiteren Person, die aus dem Heli stieg. Der Notarzt schrie gegen das schwächer werdende Geräusch des abgestellten Motors an, wo ist die verunglückte Person? Tuva konnte es nicht fassen, was hatte der gefragt? Verunglückte Person, sie war nicht verunglückt. . . Johan übernahm, folgen sie mir, ich zeige ihnen den Weg. Mit ein wenig Abstand folgte Tuva den 3 Männern. Sie erreichten die Höhle. Ein junges Mädchen lag davor. Der Notarzt schmiss seinen Koffer auf den Boden und versuchte, den Herzschlag festzustellen. Es dauerte ein wenig, aber dann sagte er, sie lebt. Die Augen waren geschlossen, keine Reaktionen in dem völlig verdreckten und blutigen Gesicht. Der Rettungssanitäter klappte die Teleskopliege auseinander und legte sie auf den Waldboden. Vorsichtig hoben die Männer das junge Mädchen an und legten sie darauf und hüllten sie in eine Rettungsdecke, da die Körpertemperatur fühlbar gesunken schien. Fast im Dauerlauf ging es zurück zum Helikopter. Tuva rannte nebenher, als der Notarzt fragte, eine Person kann mitfliegen, wer hat sie gefunden? Sie traute ihren Ohren nicht, verdammt, sie wollte mitfliegen und berichten, was sie gesehen hatte, dass es kein Unfall war. Das war ja wohl kein Unfall, oder wie sehe ich das? Warum wurde es als Unfall angesagt?

Ich habe. . . begann Tuva. Hier muss die Spurensicherung her, denn ganz offensichtlich ist hier ein Verbrechen geschehen. Sie bleiben hier, bis die Polizei vor Ort ist, ich sorge dafür, dass der Heli gleich zurückkommt. Der Motor des Helis startete . . . es nicht als Unfall gemeldet, verwirbelte die zweite Hälfte des Satzes im Wind der Rotoren. Johan sprang in den Helikopter und Tuva stand auf der Lichtung, während sich die Türen schlossen. Was sich in den letzen 3 0 Minuten abgespielt hatte, war einfach unglaublich. Was war da gerade geschehen? Was spielte Johann für ein Spiel, was hatte er mit der ganzen Sache zu tun? Er hatte sie also beobachtet, wieso hatte er sie dann nicht gerufen? Etwas Positives hat dieser Vorfall dachte Tuva, die Gefahr ist vorüber…. Sie versuchte jetzt ihre Großeltern im Camp zu erreichen, denn von hier bestand ja ganz offensichtlich Funkverbindung. Nein, die rote Lampe zeigte ihr, dass der Akku leer war. Sie hatte versäumt, das Gerät auszustellen, als sie den Rettungshubschrauber gerufen hatte.

Lisbeth saß am Küchentisch, hielt es aber nicht lange aus, sprang wieder auf, lief zum Fenster und ließ ihren Blick über die Auffahrt schweifen in der Hoffnung, irgendetwas Neues zu erblicken. Kristof, ich halte es hier nicht mehr aus, wir sitzen hier und tun nichts. Was willst du denn tun? Wir müssen zu dem Camp der Großeltern, ich denke, dort will er hin. Wir können doch nicht beide das Haus verlassen, stell dir vor, sie kommen zurück und keiner ist hier. Das glaubst du doch wohl selbst nicht Kristof, für einen Tagesausflug nimmt man doch nicht all diese Sachen mit. Er ließ es unkommentiert. Würdest du denn hier bleiben, dann werde ich mit den Wagen zum Camp, wie heißt das noch mal Äventyr, fahren. Da Lisbeth in Wirklichkeit Angst davor hatte, was sie dort erwartete, war sie mit der Entscheidung ihres Mannes einverstanden und nickte.

Er nahm sie in den Arm und küsste auf die Stirn, da sie ihren Kopf an seine Brust lehnt. Er wird alles wieder gut, glaube mir. Ich würde es gerne, Kristof, aber es fällt mir schwer.

Wie oft haben wir es erlebt, dass Kinder nach ihren Wurzeln suchen und dann abgewiesen werden. Dieser Zustand ist noch viel schlimmer, als nicht zu wissen, wo man herkommt. Ja, erinnere dich auch bitte, dass wir keinen jungen Menschen davon überzeugen konnten, diesen Schritt nicht zu tun, wenn er es sich erst einmal vorgenommen hatte. Ich denke, dass ist fast wie ein Urtrieb, etwas was in den Genen steckt, wissen zu wollen, wer sind meine leiblichen Eltern, meine Familie, warum haben sie kein Interesse an mir? Wie oft habe ich mir versucht vorzustellen, was das für ein Gefühl sein muss. Aber wir sind doch. . . Lisbeth, ich bitte dich, wir sind Profis, und keiner weiß so gut wie wir, dass wir es nicht sind, die leiblichen Eltern der beiden. Wir sind nur Adoptiveltern und genau das werden wir immer sein, das hat man uns mit auf dem Weg gegeben und auch, dass wir damit rechnen müssen, dass unsere Ki. . . das Corin und Gus dieses herausfinden wollen. Wir sollten uns jetzt auch wie Profis verhalten und den Verstand einschalten. Emotionen dürfen jetzt nicht die Oberhand bekommen. Diese Kinder, unsere Kinder haben wir großgezogen, haben wir nicht alles getan?

Lisbeth, ich kann es nicht glauben, du musst spätestens jetzt die Emotionen von der Realität trennen, hast du wirklich geglaubt, das alles ohne Komplikationen abgeht? Ich glaube ganz fest daran, dass sie zu uns zurück kommen werden, denn zu den Großeltern haben sie doch gar keine Beziehung. Und diese Erfahrung brauchen sie jetzt, die dürfen wir ihnen nicht vorenthalten. Dann werden sie sich darauf besinnen, was sie an uns haben, glaube mir.

Ja aber, wäre es dann nicht sinnvoller, wir setzten uns erst einmal telefonisch mit ihnen in Verbindung? Wenn wir dort erscheinen und die Kinder sind noch dort, dann sieht es doch so aus, als wenn wir ihnen nachspionieren. Jetzt war es Kristof, der über Lisbeth Worte nachdachte. Stimmt, meine Liebe, so habe ich es noch gar nicht gesehen, dann sollte es aber eine neutrale Person übernehmen, die Betreuerin vom Jugendamt. Er griff zum Telefon und blätterte gleichzeitig im Telefonbuch um die Nr. vom Jugendamt herauszusuchen. Dort erfuhr er, dass Tyra Mikkels erst in einer Stunde wieder im Haus sei, man würde ihr eine Nachricht hinterlassen. Kristof, ich kann hier nicht herumsitzen und nichts tun, ich werde verrückt. Wir tun doch etwas, wir müssen jetzt nur die Nerven behalten. Versuch dich abzulenken, geh in den Garten, hack deine Beete durch, betätige dich körperlich, du wirst sehen, das hilft dir doch immer, wenn du wütend bist. Der Hauch eines Lächelns huschte über ihr Gesicht und sie ging die Stufen der kleinen Steintreppe hinunter, die von der Küche aus in den Garten führte, der sie auffing, wenn sie einen klaren Kopf brauchte. Geht doch, sagte er. Ich hab dich gehört. Das solltest du auch mein Schatz, das solltest du auch. Ich wollte dir nur meine Freude darüber mitteilen, wenn du auch einmal das tust, was ich dir sage. Sie winkte mit der rechten Hand, drehte sich dabei aber nicht um.

Kapitel 7.

Nach einer weiteren Stunde hörte Tuva das Geräusch des herannahenden Polizeihubschraubers.

Der Motor wurde abgestellt, die Rotorblätter verringerten die Umdrehungen aber noch währenddessen sprangen 2 Frauen und 1 Mann heraus. Sie trugen weiße Schutzanzüge und kamen auf sie zu. Im Laufen zogen sie sich die Kapuzen über den Kopf. Tuva dachte nur, gut, dass es Sommer ist und die Sonne nicht untergeht, denn ein Blick auf die Uhr zeigte ihr, dass der Tag langsam zu Ende ging. Man gegrüßte einander und Tuva, die ebenfalls einen Schutzanzug sowie Plastiküberzieher für die Schuhe bekam, ging voraus, um ihnen den Weg zu zeigen. Tuva schlug vor, nicht auf den Wegen zu laufen, sondern durch das Unterholz, um keine Spuren zu zerstören. Am Fundort sichteten sie jede Menge Spuren, denn der Boden wies genug Feuchtigkeit auf, denn das Licht drang wegen der Dichte der Bäume und Pflanzen nicht bis ganz zum Boden. Vor der Höhle wurden Blutspuren aufgenommen und Schuhgrößen vermessen. Mit einer bestimmten Kunststoffmasse die sehr schnell trocknete,

Fußabdrücke ausgefüllt und vermessen. Eine weibliche Mitarbeiterin der Spurensuche hatte sich von der Höhle entfernt, kam zurück und hatte die Erkenntnis, dass jemand rückwärts gelaufen war. Diese Spuren konnte sie anhand des Winkels rechter Fuß linker Fuß erkennen, welche wiederum genau zu den gleichen Spuren passte, wenn man vorwärts lief. Die andere weibliche Mitarbeiterin beschloss, dass dieses genügend Spuren waren, die man eindeutig verwenden könne. Schweigend gingen sie zum Heli zurück und jeder von ihnen versuchte sich vorzustellen, was dort an der Höhle stattgefunden hatte. Tuva spürte durch den Anzug den Turnschuh in ihrer Tasche. Sie verstand selber nicht, warum sie ihn immer noch bei sich hatte. Sie verabschiedeten sich von Tuva stiegen in den Helikopter und verschwanden so wie sie gekommen waren. Tuva blickte ihnen noch eine Weile hinterher und die nervöse Unruhe ergriff wieder Besitz von ihr, warum nur. Sie wollte nun auf dem direkten Weg nach Hause zurück, es reichte für heute.

Kapitel 8.

Johan saß in dem kleinen Aufenthaltsraum vor der Intensivstation der Universitätsklinik in Uppsala und wartete. Die Zeit verging nicht, jeder Blick auf seine Armbanduhr bestätigte, wie zäh sich die Zeiger bewegten. Der Vergleich zu der großen Uhr an der Wand war überflüssig aber schon zwanghaft. Plötzlich ging die Tür auf und er sprang hoch, als habe er einen elektrischen Schlag bekommen. Ein Arzt und Edvin mit seiner jungen Kollegin Signe betraten mit ernster Mine den Raum, in dem er wohl gefühlte 24 Stunden verbracht hatte.

Mats Sköve, begrüßte er Johan, und gab ihm die Hand. Das junge Mädchen ist nicht mehr in Lebensgefahr aber in einem sehr kritischen Zustand. Wir haben sie in ein künstliches Koma versetzt, damit sich der Körper und das Gehirn erholen können. Alles weitere erfahren sie über unsere hiesige Polizei, sein Blick ging nach hinten, wir werden ihnen keine weiteren Informationen erteilen, da hier ganz offensichtlich ein Verbrechen geschehen ist. Der Arzt verließ den Raum. Edvin und Signe sahen ihn an. Die Blicke gefielen Johan nicht, sie waren feindlich, mehr als das. Abgrundtiefer Hass sprühte aus den Augen der jungen Kollegin von Edvin. Dieser bemühte sich um professionelle Neutralität. Er hatte Signe strikte Anweisung erteilt, sich nicht unaufgefordert einzumischen, was die Stimmung der beiden Kollegen spürbar machte. Er kam ohne Umschweife zum Kern. Johan, ähm, wir müssen dich festnehmen, bis wir die Sachlage entzerren können. Sachlage entzerren, das heißt, ich bin tatverdächtig, sehe ich das richtig? Du glaubst, ich habe dem Mädchen etwas angetan? Was ich glaube und was nicht, steht hier nicht zur Debatte. Fakten sind, deine Kleidung mit offensichtlichen Blutspuren und deine Hände mit eben diesen, sieh sie dir an. Mit Blick darauf versuchte Johan, was glaubst du denn, ich habe versucht, dem Mädchen zu helfen und habe sie angefasst und aus der Höhle befreit. Johan, wie ich bereits sagte, was ich glaube. . .ist irrelevant. Ein Schnauben von Signe mit einem Geräusch, als würde ihr der Mund zugehalten, veranlasste beide Männer, sie anzusehen. Wenn du nichts getan hast, werden wir es herausfinden, aber bis dahin müssen wir in alle erdenklichen Richtungen ermitteln. Du bist am Tatort gesehen worden. Johan konnte nichts sagen, denn es stimmte ja. Meine Kollegin wird jetzt deine Hände und deine Kleidung in Augenschein nehmen, damit wir eine DNA Analyse veranlassen können. Signe stellte einen kleinen Koffer auf den Tisch und öffnete ihn. Es sah aus, als sei es ein Kinderspielzeug mit kleinen Fläschchen, Gefäßen, Pinseln und überdimensionalen Wattestäbchen. Johans Gesichtsfarbe hatte einen eigenartigen Farbton angenommen und er schluckte gegen seine Übelkeit an. Schweißperlen bildeten sich auf seiner Stirn, die Signe nicht entgingen. Es kostete sie sehr viel Mühe, dieses nicht zu kommentieren.

Zuerst besah sie sich die beiden Handflächen und entschied sich für die rechte, mit der Frage, sie sind Rechtshänder? Ja, wieso? Sie antwortete darauf nicht. Er ärgerte sich darüber, beließ es aber dabei. Sie merkte es und empfand einen kleinen Triumph, so ihre Abscheu zum Ausdruck zu bringen. An dem größeren Blutfleck zwischen Zeige- und Ringfinger und der Innenfläche fand sie Gefallen und besah ihn eindeutig zu lange. Lange genug, um ihn zappeln zu lassen. Johan holte tief Luft, um nicht irgendetwas Dummes zu sagen. Edvin spürte das Knistern und fragte Signe, kann ich irgendwie helfen. Hast du denn diese forensische Zusatzausbildung auch? Sie wusste, dass das nicht der Fall war. Edvin erkannte ihren kleinen intimen Rachefeldzug und zog es vor, seinen Mund zu halten. Sie beträufelte das getrocknete Blut mit einer Tinktur, öffnete ein kleines Röhrchen, entnahm den Wattestab, der das Gemisch völlig aufsaugte. Das Röhrchen wurde geschlossen, beschriftet und in den Koffer in die dafür vorgesehen Öffnung gesteckt. Sie forderte Johan auf, sich hinzustellen. Auch hier suchte sie auffällig lange an seinem Pullover nach Blutspuren. Fündig geworden, nahm sie eine extra breite Pinzette, zupfte ein paar Fasern und schob diese in ein dafür vorgesehenes größeres Röhrchen, welches sie ebenso beschriftete. Steckte es in den Koffer und verschloss ihn ohne ein Wort. Johan, wir kennen uns schon sehr lange, aber ich muss dich aufgrund dieser Beweislage verhaften. Der Richter hat aufgrund der momentanen Erkenntnisse, was die Schwere der Verletzungen des Mädchens anbelangt, und eben dieser Fakten einen Haftbefehl erstellt. Das ist nicht euer Ernst, ihr macht einen großen Fehler, wenn ihr die Suche einstellt und meint, ich bin der Täter. Darauf erwiderte Edvin nichts. Natürlich ist es ihr Blut an meinen Händen und natürlich ihr Blut an meinem Pullover, ich habe versucht ihr zu helfen, verflucht noch mal. Eine Antwort blieb Edwin schuldig. Signe saß zurückgelehnt auf ihrem Stuhl und beobachtete die Szene, sie war gespannt, ob es eskalieren würde. Aber Johan tat ihr den Gefallen nicht. Du bist doch sicher mit dem Wagen aus Stockholm gekommen, als du auf Bärensuche gegangen bist, wo hast du ihn abgestellt, als du heute Mittag losgelaufen bist. Er ist am Aufgang Vattenfall, nicht weit von hier. OK, wir fliegen jetzt mit dem Helikopter zurück nach Gällivare und bringen dich zur Wache. Ich hole deinen Wagen, dann sehen wir weiter. Wenn du unschuldig bist, hast du nichts zu befürchten. Johan sagte nichts. Realität und Alptraum ergaben soeben ein ekelhaft widerliches, hochexplosives Gemisch. Edvins Telefon klingelte, Signe ging an seinen Schreibtisch und nahm ab, sagte immer nur ja, verstehe, ja klären wir gleich, rufen zurück. Edvin, kann ich dich unter vier Augen sprechen, es ist wichtig. Johan, setz dich bitte noch einen Augenblick, wir sind gleich wieder d a und dann kläre ich, ob du hier in Gällivare bleiben kannst. Wenn wir Glück haben, liegen uns morgen früh die ersten Auswertungen der Spuren an der Höhle vor und du wird entlastet Dann bist du ein freier Mann. Signe und er verließen den Raum.

Kapitel 9.

Tyra Mikkels stand auf dem Flur. Mensch, wo warst du, ich versuche seit Stunden dich zu erreichen, hast du schon mal von einem Handy gehört. Was ist den passiert? Was passiert ist, willst du wissen? Kristof war bei mir und sie erzählte ihm, dass Gus die Wahrheit über seine Herkunft wissen wollte. Nun befürchten die beiden, dass er und Corin auf dem Weg zum Camp Äventyr sind. Aber das heißt dann ja, dass Stian und Mette seine Großeltern sind. Tuva seine Halbschwester. Ein fürchterlicher Gedanke entfachte sich wie ein Blitz in seinem Kopf. Tyra, wir haben heute Nachmittag ein Mädchen aus dem Muddus geborgen, übel zugerichtet. Sie wurde ins Krankenhaus nach Uppsala geflogen. Man hat sie ins künstliche Koma versetzt, aber sie ist außer Lebensgefahr. Sie ist nicht verunglückt, sagtest du. Ja, geschlagen, getreten, was weiß ich und dann in einer Höhle versteckt. Konnte sie sich denn befreien? Nein, Johan unser Naturschutzbeauftragter hat sie dort gefunden, weil er auf Bärensuche war. Das klingt alles ein wenig. . .na, ja, andererseits, Bären leben in Höhlen und wenn einer hier die Höhlen in der Umgebung kennt, dann doch wohl er und Tuva natürlich.

Eigentlich darf ich es dir nicht sagen, denn es sind laufende Ermittlungen, aber das momentan Undurchsichtige für uns ist, dass Tuva ihn vor der Höhle gesehen hat, wie er das Mädchen. . ., also er sagt, er habe sie gefunden und versucht ihr zu helfen. Tuva hat dieses beobachtet und da er eine Sturmhaube auf dem Kopf hatte wegen der Mücken, hat sie ihn natürlich nicht erkannt. Hände, Kleidung alles war mit ihrem Blut beschmiert. Hat er das denn abgestritten, nein eben nicht. Es war alles belastend für ihn und der Richter hat einen Haftbefehl erlassen. Jetzt werden wir seinen Wagen vom Aufstieg Vattenfall holen und sehen, ob er heute Abend oder Morgen nach Stockholm überführt wird. Es ist Corin, da bin ich mir sicher, es ist Corin. Was sagst du da, wie kommst du darauf. Mein Bauchgefühl. Nach Uppsala sind es etliche Stunden Autofahrt, was sollen wir tun, das Mädchen muss identifiziert werden. Hast du sie denn nicht gesehen, fragte sie Edvin? Nein, da es als Unfall aufgenommen wurde ist nur die Rettungswacht losgeflogen. Der Notarzt erkannte sofort, dass hier ein Verbrechen geschehen war und hat uns unmittelbar nach dem Abflug informiert. Wir könnten versuchen, einen Flug mit einer kleinen Maschine von Gällivare nach Uppsala zu bekommen, um Lisbeth und Kristof diese Tortour zu ersparen, wenn es gar nicht ihr Mädchen ist. Andererseits macht man uns sicher Vorwürfe, wenn sie es doch ist und wie wollen wir die Zeitverzögerung dann begründen, der Flug dauert immerhin 2,5 Stunden? Habt ihr eigentlich ein Foto der beiden bekommen? Ich habe, dabei sah sie Edvin fast provozierend an, mir erlaubt, als ich die Fotos mit den persönlichen Daten der beiden Kinder auf dem Tisch sah, eine Suchmeldung gestartet. Bauchgefühl. Edvin hatte eigentlich zum jetzigen Zeitpunkt noch gar keine Suchmeldung in Erwägung gezogen, war nun aber doch froh darüber, dass Signe dieses erledigt hatte. Sagte es aber nicht, zuviel Lob ist nicht gut, war seine Devise. Wenn ich einen Vorschlag machen darf sagte Signe, ich würde mit den beiden nach Uppsala fliegen und du kannst bei Johan bleiben, bis geklärt ist, wann seine Überführung stattfinden sollte. Ich begleite dich sagte Tyra. Ja, sagte Edvin, ich glaube, das ist eine gute Idee. Aber seinen Wagen sollten wir vorher hier bei uns abstellen, er soll uns seinen Schlüssel geben. Tyra, sie holen Lisbeth und Kristof, denn sie kennen sich. Dann treffen wir uns hier. Anschließend geht es dann weiter zum Flugplatz. Signe und Edvin öffneten die Tür wieder zu seinem Büro und rannten auf das geöffnete Fenster zu, sahen in alle Ecken und hinter der Tür, kein Johan. Was machen wir nun, er ist weg. Sie hatten an dem einen Fenster die Sicherung nicht wieder scharf gestellt, da es im Sommer sehr stickig war und sie es gerne ganz öffneten. Warum tut er das, wenn er nach seiner Aussage nichts mit der Gewalt an dem Mädchen zu tun hat. Ich hatte schon Mitleid mit ihm, er saß da wie ein Häufchen Unglück sagte Edvin. Wie oft hören wir das, der sieht gar nicht wie ein Mörder oder Verbrecher aus. Nun mal langsam, hier ist niemand umgebracht worden. Könnte es nicht auch Gus gewesen sein, denn von ihm habt ihr noch gar nicht gesprochen, gibt es eigentlich eine Spur von ihm? Beide drehten sich zu Tyra um. Was seht ihr mich so an, was ist falsch an meiner Frage? Es sind Fußabdrücke genommen worden, wir warten auf die Auswertung. Ich muss die Fahnung herausgeben und sicherstellen, dass im Krankenhaus ein Posten zur Sicherheit des Mädchens abgestellt ist. Wer immer das Mädchen misshandelt hat und mundtot machen wollte, wird es wieder versuchen, wenn bekannt wird, dass sie noch lebt. Wir sollten es daher nicht an die Öffentlichkeit bringen. mhh. . . vielleicht sogar das Gegenteil. . . Du meinst, veröffentlichen, dass sie tot ist, fragte Signe, makaber aber wirksam. So in der Art, ich muss noch ein wenig darüber nachdenken. Erst einmal muss ich sicherstellen, dass die Bewachung unserer kleinen Patientin gewährleistet ist. Was ist, was schaust du mich so an, hab ich was im Gesicht, was da nicht hingehört?? Signe wurde rot, ja, nee, ich finde den Vorschlag gar nicht so schlecht. Dann sag doch ganz einfach, der Vorschlag ist sehr gut Edvin, wie klingt das denn? Nur nicht zu freundlich sein. Die Kakophonie zwischen den beiden war etwas lichter geworden. Als Edvin sie lächeln sah, musste er sich eingestehen, dass sie eigentlich ganz niedlich aussieht. Frech kurz geschnittene dunkle Haare, nicht geschminkt, keine angeklebten Fingernägel und die sichtbaren Körperteile wiesen keine dieser ekelerregenden Tätowierungen auf. Sie hatte den nötigen Biss in der Arbeit und überließ nichts sich selbst. Er hatte sie in ihre Schranken gewiesen, das war nicht gut, jedenfalls nicht in der Art, wie er es getan hatte und schon gar nicht vor Publikum. Er zog in Erwägung, sich zu entschuldigen, das musste warten. Signe, könntest du bitte das Kennzeichen von Johan herausfinden, damit wir das Fahrzeug zur Fahndung ausschreiben können? Was macht uns so sicher, dass er zu seinem Auto läuft, er muss doch damit rechnen, dass wir schon dort sind. Er wird nicht gelaufen, sondern mit einem Taxi dorthin gefahren sein. Es stehen immer ein paar an der Straße auf der Lauer nach Fahrgästen. Stimmt wohl, trotzdem müssen wir dorthin und wenn das Fahrzeug noch dort steht, müssen wir es abschleppen lassen. Mach ich sofort. Den Zettel brachte sie ihm mit den Worten, Fahndung läuft zurück. Er war baff, das Wort danke wäre einem, der von den Lippen lesen konnte, sicher nicht entgangen. Dann können wir ja los, ich zum Wagen und ihr zu den Sjöbergs. Ich hatte den ersten Teil des Satzes akustisch nicht ganz mitbekommen, könntest du das noch einmal wiederholen? Da er mit seinen Gedanken schon im Auto saß, sagte er nur, erster Teil, welcher erste Teil? Vergiss es, nicht so wichtig, sagte sie und verließ das Büro. Tyra sagte rückblickend zu ihm, sie wollte einfach das Wort Danke noch einmal hören, passiert dir wohl nicht so oft, dass du dich bedankst? Wird das jetzt so ein Frauending, oder was?? Tyra schüttelte nur den Kopf.

Edvin musste vorab seinem Chef von der desaströsen Schieflage des Falles berichten. Die beiden Frauen fuhren vom Parkplatz, während er bei Thore Trol am Schreibtisch stand und sie vom Fenster aus sehen konnte. Trol bat ihn nicht, Platz zunehmen, hörte nur mit ernster Mine zu, was Edvin zu berichten hatte. Er entließ ihn mit den Worten, was stehst du hier noch rum. . . da wo es glatt ist, kannst du rennen. Sonst mussten sie immer beide über den Spruch lachen, heute nicht. Edvin, ich bin nicht sauer, präziser gesagt, stinksauer, bring das in Ordnung, sonst haben wir beide ein Problem. Edvin hatte das Gefühl, dass er einen roten Kopf bekommen hatte, auch seine Ohren fühlten sich heiß an. Er berührte sie mit seinen Händen, sie waren heiß. Er konnte sich nicht erinnern, wann er so etwas das letzte Mal gespürt hatte. Edvin sprang in seinen Dienstwagen, verließ den Parkplatz nach rechts erheblich zu schnell in Richtung Vattenfall Aufstieg. Er sah das Auto. Johan hat sein Auto nicht geholt, was hat er vor? Er parkte neben dem Volvo Kombi, konnte aber auch nicht erkennen, ob er in der Zwischenzeit hier war, um Sachen zu holen. Sein Handy hatte er nun dabei und rief das hicsigc Abschleppunternehmen, dessen Nr. er gespeichert hatte. Er wartete, da ihm zugesagt wurde, diese würden sofort kommen, um das Fahrzeug auf dem Parkplatz der Polizeistation abzustellen. Die Fahndung nach dem Wagen konnte er schon einmal absagen, was er mit dem nächsten Anruf in die Tat umsetzte. Auf der Fahrt zu den Sjöbergs hatte Signe per Handy am Flugplatz angerufen und Ole Bengtson am Apparat. Eine kurze Schilderung des Notfalles und Ole war bereit, seinen Feierabend noch wenig nach hinten zu verschieben, es wartete eh keiner auf ihn. Lotta war mit den Kindern bei ihren Eltern und würde erst zum Wochenende wieder zurück sein, wenn seine Bereitschaft endete. Ole, du bist prima, wir danken dir. Wir haben Glück Tyra, Ole wartet am Flugplatz auf uns und klärt die Landeerlaubnis am Krankenhaus. Sie erreichten das Haus der Sjöbergs und sagten beide gleichzeitig, das Auto steht vor der Tür.. Auf das Klingeln reagierte keiner. Wir sehen hinter dem Haus nach, vielleicht sind sie im Garten. Die beiden saßen tatsächlich auf der Terrasse, sprangen aber sofort auf, als sie Tyra und Signe sahen. Gibt es etwas Neues, habt ihr eine Spur? Nun setzt euch erst einmal, versuchte Tyra sie zu beruhigen. Wir wissen es leider nicht genau, es wurde ein Mädchen gefunden im Muddus, schwer verletzt. Sie wurde in die Uniklinik nach Uppsala geflogen. Lisbeth fing an zu weinen. Kristof fragte, was heißt verletzt, sind die beiden verunglückt? Ich hab dir ja gesagt Lisbeth, es klärt sich alles auf, sie sind abgestürzt, oder? Nein Kristof, so wie es aussieht, liegt ein Verbrechen vor. Das Weinen wurde lauter. Wie könnt ihr so etwas sagen, was ist mit Gus, der muss es doch aufklären können. Wenn er denn dabei gewesen wäre, sagte Signe und im Übrigen wissen wir ja gar nicht, ob es ihre Tochter ist. Zwischen Heulen und Schnauben jammerte Lisbeth, dann ist sie es nicht, Gus würde sie nicht dort allein lassen. Das ist auch der Grund übernahm Tyra, wir wollten euch bitten, mit uns nach Uppsala zu fliegen, ihr müsst das Mädchen identifizieren. Identifizieren, sagt man das nicht bei einem toten Menschen. Nein, versuchte Signe, man hat sie ins künstliche Koma gelegt, da ihr Körper in einem sehr schlechten Zustand war. Es tut uns sehr leid, aber wir müssen sie darauf vorbereiten. Das Mädchen, das man gefunden hat, kann somit nicht sprechen. Lisbeth hatte sich wieder unter Kontrolle und während sie ihre Nase putzte, wir kommen mit, hier herumsitzen ist die Hölle. Wir fahren jetzt zum Flugplatz Gällivare, dort wartet Ole Bengtson und fliegt uns.

Eigentlich hatte er schon Feierabend, aber als er hörte, worum es ging, stimme er sofort zu. Pässe nicht vergessen. Sie schlossen alle Türen und Fenster, nahmen ihre Jacken und stiegen in das Auto von Tyra. Die Fahrt dauerte gut 15 Minuten, keiner sprach ein Wort. Am Flugplatz angekommen, konnten sie ohne größere Wartezeit direkt zum Flieger gehen, Ole wartete schon und begrüßte alle herzlich. Einsteigen, Türen schließen, Anschnallen und los geht es. Die kleine Maschine war für 6 Personen + Pilot ausgerichtet und rumpelte ein wenig über die Startbahn. Ole fragte nichts, sagte nur, wir werden ca. 2 Stunden benötigen, die Wetterlage ist gut, lehnt euch entspannt zurück, ich bring euch sicher ans Ziel. Vor ein paar Jahren hatte er seine hochschwangere Frau Marit selbst in die Uniklinik geflogen, da es Komplikationen gab und er nicht auf den Rettungshubschrauber warten wollte. Dieser war nach einem schweren Autounfall im Einsatz und somit hatte Ole seinem kleinen Sohn Piet die Ankunft in seiner Familie erleichtert. Alles war gut gegangen. Ole strahlte eine angenehme Ruhe aus, alle hatten sofort Vertrauen zu ihm. Eine weitere Konversation wäre kaum möglich gewesen, da diese Maschine doch recht laut war.

Kapitel 10.

Gus hatte das Haus mit dem kleinen weißen Metallzaun erreicht, das Tor stand offen, als würde er zum Eintreten gebeten. Wie ist es wohl, so etwas sein Eigen zu nennen, anderen sagen zu können, was sie machen müssen. Er klingelte nicht, er ging wie selbstverständlich gleich auf den Hof. Im Zimmer rechts neben der Terrasse saß Mette an ihrem Sekretär und schrieb etwas. Als er näher herantrat und durch die Scheibe linste, drehte die Frau sich um und sah ihn an. In diesem Moment kam ein Stian aus seiner Werkstatt, sah ihn und rief hallo, kann ich dir irgendwie helfen? Seit wann duzen wir uns, du Arschloch, haben wir Brüderschaft getrunken, sagte er so leise, dass der Mann ihn nicht hören konnte. Suchst du Arbeit? Er konnte ihn immer noch nicht hören, was er antwortete, denn er brabbelte leise weiter, ich such hier was anderes, darauf kannst du einen lassen. Ja, klar sprach er nun hörbar lauter, ich habe den Aushang gelesen. Es sind doch Ferien. Das passt ja prima, komm mit ins Haus, wir können immer Hilfe gebrauchen. Du kannst mit uns essen, wenn du magst, es sei denn, du hast noch etwas Besseres vor. Es roch lecker nach Essen und Kuchen als sie über die

Terrasse in das Haus gingen. Mette kam aus ihrem Büro und blickte Gus an, als habe sie der Blitz getroffen. Sieh Mette, ich habe einen Gast mitgebracht, der junge Mann möchte ein paar Tage seiner Ferien opfern und bei uns arbeiten. Das ist. . . er erwartete, Gus würde seinen Namen nennen. Mette war wie paralysiert, ihr Mund wurde trocken, sie konnte nichts sagen, nur denken. Siv. Das sind Sivs Augen. O. . . scar , sagte er und reichte Mette seine Hand. Sie hatte sich wieder gefangen, hallo Oskar, wir können Unterstützung gebrauchen. Sag ich doch, unterstrich Stian, dann braucht Tuva morgen nicht allein mit den Lehrern zum Wasserfall. Wer ist Tuva wollte er wissen und was passiert mit den Lehrern? Tuva ist unsere Enkeltochter, sie wird morgen mit einer Gruppe Lehrern eine Exkursion im Muddus starten. Sie wird einmal diesen Betrieb übernehmen. Na, das passt ja, ich freu mich. Diese Schleimspur zu legen, bereitete ihm eine abartige Freude. Stian zeige unserem Gast die Unterkunft, in der Zwischenzeit decke ich den Tisch, das Essen ist gleich fertig. Vielleicht kommt Tuva in der Zwischenzeit. Während sie die Teller und das Besteck auf dem großen alten Holztisch verteilte, der über Gebrauchsspuren von drei Generationen Geschichten erzählen könnte, versuchte sie, ihre Gedanken zu ordnen.

Das ist kein Zufall, oder doch. . . es gibt keine Zufälle…

Huhu ich bin es, Tuvas vertraute Stimme, endlich. Kind, du kommst spät und kein Lebenszeichen von unterwegs, was ist passiert? Ich hatte mein Tragegestell noch stehenlassen und musste es abholen. Dein Tragegestelle vergessen, wie passiert denn so was? Alles der Reihe nach, konnte mich nicht melden, der Akku des Funkgerätes spinnt mal wieder. Ist Opa nicht da? Er zeigt gerade einem Schüler die Unterkünfte. Er heißt Oskar und wird dich morgen begleiten, wenn die Gruppe Lehrer hier aufschlägt. Morgen, wieso morgen, ich denke am Freitag? Übrigens er ist sehr nett. . . Omaaaaaaaaaaaaa, wieso morgen. Ja, Kind, ich habe mich im Datum versehen, es ist schon morgen. Das heißt, ich brauche meine Sachen gar nicht groß auszupacken, nur die verschwitzten Klamotten. Mette fiel ein Stein vom Herzen, dass ihre Enkeltochter nicht groß dagegen wetterte, dass es morgen schon wieder los ging. Ok. Oma, ist schon in Ordnung, du kannst alles mit einem leckeren Abendessen wieder gerade biegen. Mette musste schmunzeln, denn genauso hatte sie es geplant. Während Tuva ihre Tragekiepe im Flur absetzte und die schmutzige Kleidung entnahm, vervollständigte Mette ihren Bericht der Vorbereitungen damit, dass sie die Lebensmittel für die 3 Tage bereits zusammengestellt habe. Ist ja gut Oma, du brauchst kein schlechtes Gewissen zu haben, ich geh erst einmal duschen. Ja, aber beeil die bitte, das Essen ist gleich fertig und wir haben den jungen Mann eingeladen, mit uns zu essen. Och Oma, wir kennen ihn doch gar nicht und dann gleich mit an unseren Tisch?? Dann musst du uns alles erzählen, was du erlebt hast, verklang auf den Treppenstufen ohne Antwort. In ihrer Wohnung angekommen, entledigte sie sich ihrer restlichen Kleidung und ließ sie auch genau dort an Ort und Stelle fallen. Im Bad drehte sie die Dusche auf und stellte sich darunter ohne sich zu bewegen. Das Wasser prasselte auf ihren Kopf und Körper, als wollte sie alles Erlebte durch den Abfluss spülen. Minute um Minute verging, als sie ihren Namen hörte, Tuva, wo bleibst du denn, wir warten auf dich, das Essen steht auf dem Tisch Ein bequeme Jeans und einer ausgeleiertes grünes Sweatshirt hingen am Haken hinter der Tür. Mit einem großen Handtuch um den Kopf kam sie die Treppe herunter in die Wohnküche ihrer Großeltern. Ihre Stimmung hatte sich merklich gebessert. Hey Opa, hallo mein Kind, ist das schön, dass du wieder da bist. Wir haben uns ein klein wenig Sorgen gemacht, du meldest dich doch sonst immer. Ja, der Akku des Funkgerätes. . . vielleicht kannst du ihn dir nachher einmal ansehen. Ich brauche ihn morgen. Ihr sollt euch doch nicht immer sorgen, was sollte mir denn passieren. Oma sagt, du hast etwas erlebt? Hey ich bin O. .scar, sagte er während er aufsprang und Tuva seine Hand über den Tisch reichte. Es war ihm eindeutig zu spät eingefallen, dass er seinen richtigen Namen besser nicht benutzen sollte, die abrasierten Haare waren nur das Äußere. Den Namen hatte er nicht bedacht und nun musste er sich konzentrieren. Du musst Tuva sein, Enkelin des Hauses, kam er ihr zuvor, eh sie sich selbst vorstellen konnte. Ein wenig zynisch, wie sie fand. Hey Oskar, willkommen, hab schon gehört, du begleitest mich morgen, und die Lehrer natürlich. Ich kann Unterstützung gebrauchen, denn Lehrer sind so ein Fall für sich, da ist immer Gesprächsbedarf, kennst du dich ein wenig aus in der Flora und Fauna unseres Landes? Das sollte nicht unser Problem sein. Das Lieblingsessen von Tuva stand auf dem Tisch, kaltes Rührei gesüßt und Rentierschinken, rote Grütze und warmer Apfelkuchen mit Vanillesoße. Als alle ihre Teller geleert hatten und zum Nachtisch übergegangen waren, brachte Mette den Kaffee. Nun endlich, mach s nicht so spannend`, was hast du erlebt drängelte Mette. Stellt euch vor, Johan hatte die Meldung bekommen, dass sich in unserem Gebiet ein Bär aufhalten soll, sogar ein war unterwegs. Gus starrte sie an, und haben sie etwas finden können? Kann ich nicht sagen, da mein Funkgerät nicht funktionierte. Ich habe mich auf den Heimweg gemacht. Denke, das war richtig so, denn Oma, morgen der Termin wäre dann wohl geplatzt oder wie sieht du das? Das war alles, und ich dachte, es sei etwas passiert? Nö, wieso, das reicht doch wohl, einen Bären haben wir doch nicht alle Tage. Na ja. . . Ich hatte ein ziemlich mulmiges Gefühl, das könnt ihr mir glauben, richtig unheimlich, eigentlich auf der ganzen Tour. Während sie das sagte, hatte sie auf den Apfelkuchen gestarrt, nun aber völlig unbeabsichtigt sah sie ihren Gast an. Dieser hielt dem Blick stand und Tuva bekam eine Gänsehaut. Passiert denn hier auch mal was Richtiges fragte Gus mehr in die Runde, als zu Tuva direkt. Wie meinst du das, fragte Tuva, na ja, Überfälle, Kidnapping pi pa po, was halt so passiert. Wir sind hier in einem Naturschutzgebiet, nicht in Wallanders Revier. In so einem riesigen Gebiet, wie viel qm sind es, können doch Menschen einfach verschwinden, ohne dass eine Seele es mitbekommt. Qm, wiederholte Tuva fragend? Quadratkilometer sind es, nämlich knapp 500, genau 493,4 und ich empfehle dir, schreib ein paar Eckdaten auf. Die Fragen werden kommen, das verspreche ich dir, Lehrer. . . Lehrer, ich denke, die wissen immer alles. Sie gab ihm einen Block und einen Stift mit der Bitte ein paar wichtige Punkte aufzuschreiben:

Der Muddus Nationalpark liegt zwischen der Nationalstr. 97 und dem Fluss Store Lule älm südwestlich von Gällivare und Jokkmokk, in der Landschaft Lappland. Ungefähr die Hälfte besteht aus Waldflächen, die andere Hälfte aus Seen. Die beiden Vogelschutzgebiete dürfen im Sommer nicht betreten werden. Das ist auch einer der beiden Gründe, warum wir morgen ein Teilstück mit den Autos zurücklegen müssen. Da die Herrschaften zum Wasserfall wollen, dieser sich aber am nördlichen Eingang des Parks befindet, müssten wir ca. 450 km laufen. Ach ja, der Wasserfall ist 43 m hoch, die Schlucht mit Namen Moskoskoru etwa 100 m tief. Denke, das reicht für heute, sollte es schlimmer kommen mit der Fragerei, ich bin ja auch noch da. Hochinteressant, aber jetzt bitte noch einmal zu mitschreiben. Wortlos beugte sie sich über den Tisch, nahm den Block und schrieb es für ihn auf, er nervte schon jetzt. Tuvas irres Gefühl hatte wieder neue Nahrung bekommen durch die Fragen, die Gus stellte. Darin lag auch ihre Entscheidung begründet, von den eigentlichen Vorkommnissen des Tages nichts zu erzählen, auch nicht ihren Großeltern. Eigentlich hatte sie gar keine Lust mehr, überhaupt noch zu reden, sie wollte nach oben in ihr Höhle, wie sie ihre Wohnung immer nannte, diese Bezeichnung zum jetzigen Zeitpunkt aber befremdlich fand. Als hätte er es gespürt, begann er von Neuem, erzähl doch mal, wie geht das denn morgen so ab? Wie ich schon sagte, führen wir morgen 6 Lehrer durch den Park zu dem eben beschriebenen Wasserfall, es sind übrigens 4 Männer und 2 Frauen. Auf dem Weg dorthin sind 2 Übernachtungen in zwei verschiedenen Hütten vorgesehen, tagsüber Erkundungen. Die erste Hütte ist bewirtschaftet, das heißt, wir werden Verpflegt, in der zweiten verpflegen wir uns selbst. Jeder bring etwas mit, dass heißt evtl. kochen wir zusammen, könnte mir vorstellen, dass sie entsprechend eingekauft haben. Es sind alles Lehrkräfte von einer Schule, die kennen sich also und wenn sie solch einen Ausflug buchen, mögen sie sich bestimmt. Sonst macht man so etwas ja wohl kaum, oder? Es gibt bewirtschaftete und unbewirtschaftete Hütten, wir haben eine unbewirtschaftete. Ihr Ton wurde etwas gereizt, was Mette sofort erkannte. Du bist müde Kind, mach es dir doch oben noch ein wenig gemütlich. Dankbar sah Tuva ihre Großmutter an und sprang auf. Ich freue mich auf die Arbeit morgen rief er Tuva hinterher. War das alles nur Augenwischerei, geheucheltes Interesse, sie wusste eigentlich gar nicht, was sie glauben wollte, konnte, sollte. Der Freak hatte etwas Verschlagenes, seine Freundlichkeit empfand sie als aufgesetzt, während des Gespräches am Tisch fing sie einen Blick von ihm auf, der die Gänsehaut sofort wieder aufleben ließ.

Das Essen war lecker O… Oda nicht? Das Wort Oma konnte er gerade noch stoppen, fast wäre es passiert. Mein Name ist Mette. Mette OK. versuch es mir zu merken. Stian lachte, Mette nicht. Ich geh dann mal zu meiner Unterkunft. Stian rief ihm noch hinterher, Frühstück um 7.30 Uhr.

Alles in Ordnung mit dir fragte er seine Frau? Ich hatte einen anstrengenden Tag. Unterkünfte geputzt, Vorräte aufgefüllt und bis jetzt Buchführung, ich glaube, das reicht für heute. Das heißt, ich kann heute im Fernsehen ansehen, was ich möchte?? Ja, mein Lieber, du kannst hin und her zappeln, sooft du magst. Das ist ja fabelhaft, großartig, genial. . . Du schläfst doch sowieso ein, du alter Witzbold. Sie nahmen sich in den Arm und gaben sich einen Kuss. Es heißt zappen meine Liebste, zappen, und nicht zappeln. Ich weiß mein Lieber, sag ich doch, zappeln. Sie genossen diese kleinen Kabbeleien.

Kapitel 11.

Johan hatte sich mit dem Taxi an der Stelle absetzen lassen, wo sein Auto stand. Die Geschichte mit dem Ersatzschlüssel hatte der Taxifahrer ihm wohl abgekauft, denn er berichtete ihm von einem ähnlichen Missgeschick, was er in seinem Urlaub erlebt hatte. Sie kannten sich nicht, das war gut. Als der Taxifahrer hinter dem leichten Hügel verschwand, schloss Johan den Kofferraum auf und nahm seinen Rucksack für den Notfall heraus. Darin befanden sich immer Wäsche zum Wechseln, Ersatzbatterien, ein Getränk und Hartkekse. Er überlegte einen Augenblick, sollte er Edvin oder Tuva anrufen oder vielleicht das Krankenhaus, er kam zu keinem Ergebnis. Ich muss vom Fahrzeug verschwinden dachte er, als er den Abschleppwagen kommen sah. Keine Minute zu früh, das war knapp. Er duckte sich und schlich sich rückwärts ins Unterholz. Der

Fahrer und ein Mitarbeiter befestigten die Stange schnell und professionell unter seinem Fahrzeug, er hatte es ja auch so abgestellt, dass er vorwärts wieder los fahren konnte. Auch wenn er es nicht so platziert hätte, diese beiden Gesellen hätten bestimmt eine Lösung parat, Profis eben. Wichtig war nur, dass sie ihn nicht sahen. Es dauerte keine 10 Minuten und er konnte nicht einmal mehr das Kennzeichen erkennen, hätte er es nicht gewusst. Johan blieb noch eine Weile sitzen und überlegte. Der zündende Gedanke war Tuva, zu ihr hatte er Vertrauen. Er machte ihr keinen Vorwurf, sie hatte sich vollkommen richtig verhalten. All das, was er ihr erzählt hatte, klang nicht sehr überzeugend. Hinzu kam, sie hatte ihn nicht erkannt, sondern nur gesehen, wie er sich am Boden um das Mädchen kümmerte. Dieses hatte sie aus der Entfernung eben anders gedeutet. Er wollte noch einmal aus dem Wald heraus im Camp Äventyr anrufen, aber nicht mit Tuva sprechen, denn sie kannte seine Stimme. Seine Hoffnung war Mette, sie kannte ihn kaum und seine Stimme am Handy schon gar nicht. Er wagte kaum zu hoffen, dass Mette ans Telefon ging. Nachdem er die Nr., die er irgendwann für den Notfall gespeichert aber noch nie benötigt hatte, eingab… hier Mette Lund? Inger Sörensen meldete er sich, ich

würde gern einmal eine Führung in den Muddus buchen, gibt es in den nächsten Tagen eine
Führung. Ich habe gehört, ihre Tochter ist dort
unterwegs. Nicht unsere Tochter, unsere Enkeltochter Tuva macht das. Morgen Vormittag
startet sie eine Tour zum Wasserfall, mit 6
Personen und einer weiteren Begleitung. Das
ist etwas sehr kurzfristig, aber ich würde in
den nächsten Tagen einmal zu Ihnen kommen,
vielleicht kann ich mich irgendwo anschließen.
Von wo aus startet die Gruppe, wenn sie zum
Wasserfall wollen? Sie fahren bis zum südli-
chen Eingang Saltoluokta mit den PKWs, da
der Weg sonst zu weit ist zum Laufen. Das
hört sich sehr gut an, da würde ich mich gern
einmal anschließen, ich melde mich in den
nächsten Tagen bei ihnen. Ich bin leiden-
schaftlicher Angler, müssen sie wissen. Besser
hätte es nicht laufen können, er hatte alles erfahren, was er wissen wollte. Wo bekomme
ich bis morgen früh ein Auto her?

Kapitel 12.

Ole Bengtson hatte die Erlaubnis, auf dem kleinen Flugplatz des Krankenhauses zu landen. Dieser wurde seinerzeit extra gebaut, da viele Krankentransporte per Flugzeug oder Helikopter aus weit entlegenen Gegenden Schwedens erfolgen mussten. Der Weg von der Landebahn zur Klinik war nicht sehr weit. Ole sagte nur, lasst euch Zeit, ich habe sie auch, ich fliege nicht ohne euch. Seine Augen lachen eigentlich immer, aber jetzt grinste er wirklich. Du bist ein prima Kerl, sagte Kristof, das vergesse ich dir nie und klopfte ihm auf die Schulter. Tyra ging zielstrebig voran zur Aufnahme. Eine junge Schwester fragte höflich, wie sie ihnen helfen könne. Tyra berichtete kurz über ihr Anliegen. Moment, bitte nehmen sie kurz in der Sitzgruppe Platz, ich versuche es herauszubekommen, es ist gerade Schichtwechsel, es kann einen Moment dauern. Nach wenigen Minuten kam sie zu Ihnen, sie rief nicht einfach nur etwas zu Ihnen hinüber. Eine Kollegin kommt und holt sie ab, es ist einfacher, als wenn ich ihnen den Weg beschreibe, sie haben sicher den Kopf mit anderen Sorgen voll. Tyra danke ihr und war froh, dass die erste Hürde genommen war. Der

Fahrstuhl machte das vertraute Pling und eine ältere Schwester kam auf sie zu. Hey, ich bin Schwester Astrid sagte sie mit einem freundlichen Lächeln, was sich jeder Mensch wünscht, der eine Arztpraxis oder ein Krankenhaus betritt. Kommen sie bitte mit mir, ich bringe sie zur Intensivstation der Kinderklinik. Wieder machte es Pling, als sie die gewählte Station erreichten. Wenn in einem weißen Kittel ein freundlicher, lachender Mensch steckt, ist die Angst nicht so groß. Blickte man hingegen in ein unfreundliches, muffeliges Gesicht, verband man es automatisch mit einer negativen Nachricht, mit Angst. Dieses hatte Tyra einmal in einem medizinischen Fachblatt gelesen. Drängt sich doch die Frage auf, warum in diesen Einrichtungen so viele weiße Kittel mit muffigen Gesichtern beschäftigt sind, dachte sie, als sie den Fahrstuhl verließen. Schwester Astrid bat sie kurz in der Sitzecke Platz zunehmen, bin gleich wieder bei Ihnen. Lisbeth sagte nur, ich kann es kaum noch aushalten, dieses ständige Warten…

Die Schwester kam mit 4 Schutzanzügen, einschließlich Mundschutz und Füßlingen zurück, die Schuhe bitte vorher ausziehen. Schweigend gingen sie hinter ihr her, bis sie an eine Tür gelangten, Intensivstation. Schwester Astrid betätigte ein Codegerät, welches auf Fingerabdruck reagierte. Die Tür öffnete sich. An der ersten Tür auf der rechten Seite klopfte sie kurz, steckte den Kopf hindurch und sprach ein paar leise Worte. Ein junger freundlicher Arzt kam sofort heraus und begrüßte sie mit ich Mats Sköve. Ich oder besser wir kümmern uns um ihre. . . das verletzte Mädchen, das im Muddus gefunden wurde. Sie wollen sehen, ob es ihre Tochter ist, richtig? Ja, sagte Kristof wir vermissen sie und nun. . .

Bitte benutzen sie den Automaten vor der Tür zu ihrem Zimmer um die Hände zu desinfizieren. Wir müssen Keime vermeiden. Ich muss Ihnen sagen, der Anblick wird sie

erschrecken. Der Kopf des Mädchens ist verbunden und das Gesicht durch Prellungen und Blutergüsse stark verändert. Meine Erfahrung sagt mir aber, Eltern, wenn sie es denn sind, erkennen ihre Kind. Die Kleidungsstücke haben wir gesichert. Behutsam öffnete er die Tür, Liesbeth holte noch einmal tief Luft, als gäbe es dort, wo sie jetzt hinginge, keine. Das Zimmer lag im Halbdunkel und das einzige Bett sah fast verloren aus in dieser sterilen Umgebung. Apparate und Vernetzungen, es hatte fast etwas Surreales. Dies ist doch kein Ort für mein kleines Mädchen sagte sie so leise, dass es niemand verstehen konnte. Kristof hielt sich die Hand vor den Mund und lies seiner Frau den Vortritt, nicht aus Rücksichtnahme. Er war schockiert von dem, was er aus dieser Entfernung sehen konnte. Lisbeth stand an dem Bett, war aber sehr gefasst. Sie sagte nichts, Kristof fing so derart zu Weinen an, dass sie sich umdrehte und ihn zu beruhigen versuchte. Alles wird wieder gut, sagte sie mit Blick auf den jungen Doktor fragend, der sich im Hintergrund hielt. Corin wird wieder gesund, unser Kind wird wieder gesund. Sie sagte es noch einige Male, bis sich Dr. Sköve aufgefordert sah, einzuschreiten. Das Mädchen liegt, wie ich ihnen schon sagte, im Koma, damit sich Körper und Seele erholen können. Woran erkennen sie ihr Kind, fragte er. Wie sie vorhin bereits sagten, Eltern erkennen ihr Kind, Herr Doktor Das reicht leider nicht, sie müssen mir ganz explizit ein Merkmal nennen, mit dem Gefühl ist das so eine Sache, verstehen sie mich nicht falsch. Sie hat am rechten Fuß 6 Zehen sagte Kristof leise, als dürfe es sonst keiner wissen. Dann ist es ihre Tochter. Lisbeth entdeckte unter dem kleinen Nachttisch einen rechten Turnschuh, pink und kariert mit den Worten, wo ist der Linke? Dr. Sköve hatte sie beobachtet und sagte, wir wissen es nicht, sie hatte nur einen an, als sie uns gebracht wurde. Können sie mir sagen, ob sie kleine silberne Schmetterlinge an ihren Ohren gesehen haben, bevor der Kopf verbunden wurde? Ja, die haben wir abgenommen und in die Schublade des Nachttisches gelegt. Ich möchte Sie bitten, diese mit nach Hause zu- nehmen. Lisbeth ging um das Bett herum und lies Corin nicht aus den Augen, während sie die Schublade öffnete. Sie nahm die Ohrringe vorsichtig an sich und behielt sie in der linken Hand. Wer tut so etwas, und warum? Es berei- tet mir physische Schmerzen, wenn ich mein Kind ansehe, sagte Kristof mit derart traurigen Augen, dass der junge Arzt antworten musste. Innere Verletzungen konnten wir keine fest- stellen, aber eine schwere Gehirnerschütte- rung, unzählige Hämatome am ganzen Körper und das linke Bein ist gebrochen. Aber die in- nere Verletzung, er zeigte mit seiner rechten Hand auf seinen Oberkörper . . . Sie sagten doch gerade, keine inneren Verletzungen… unterbrach Lisbeth, ich meine auch nicht die physischen Verletzungen sondern sie wird traumatisiert sein , die kleine Seele hat einen immensen Schaden genommen. Eine verletzte Psyche zu behandeln ist sehr schwer, selbst von dem gebrochenen Bein wird sie in weni- gen Monaten nichts mehr spüren. Wenn wir sie wieder aufwachen lassen, wird sie vermut- lich an einer Amnesie leiden, das heißt, sie wird sich nicht erinnern. An gar nichts, fragte Kristof, dann weiß sie auch nicht mehr, wer ihr das angetan hat? Sie müssen sich das so vorstellen, das Gehirn eines jeden Menschen hat einen Schutzmechanismus und bei einem derart schweren Erlebnis wird der Schalter einfach auf „AUS" gestellt.

Und erfahrungsgemäß wird dieser Prozess länger dauern, als die zur Zeit offensichtlichen Verletzungen. Sie wird sehr viel Unterstützung in jeder Hinsicht brauchen. Kristof wollte noch wissen, wie lange dauert das Koma, wann darf sie wieder aufwachen? Wir planen sie zum Wochenende, das heißt in 3 bis 4 Tagen langsam in das Hier und Jetzt zurückzuholen. Wir werden alles tun, damit ihre Tochter wieder gesund wird. Im Haus haben wir sehr gute Kinderpsychologen, die an ihrer Seite sein werden, das verspreche ich ihnen. Signe war sichtlich von dem jungen attraktiven Arzt beeindruckt. Herr Dr. Sköve, mein Kollege hat in meinem Beisein einen Posten angefordert, der zur Bewachung des Mädchens hier einen Platz bekommen soll, der müsste längs da sein. War er auch, aber den brauchen wir hier nicht, dies hier, er ließ seinen Kopf kreisen, gleicht einem Hochsicherheitstrakt. Der Zugang erfolgt nur über den Daumencode der Mitarbeiter, die auch hier auf dieser Station ihren Dienst verrichten, und dieser wird wiederum über einen Strichcode generiert. Der Ton des jungen Mannes ließ unschwer erkennen, dass er es nicht gerne hatte, wenn man ihm Vorschriften machte. Signe merkte es auch. Herr Dr. Sköve, ich verstehe sie, aber in diesem Fall obliegt diese Entscheidung nicht der Leitung ihres Hauses, sie betonte extra, dass sie ihm die Entscheidung absprach. Es liegt ein Verbrechen vor und wir müssen davon ausgehen, dass der Täter, sollte er erfahren, dass das Mädchen noch lebt, alles versuchen wird, sie am Reden zu hindern. Wenn sie uns schriftlich garantieren können, dass dieses nicht passieren wird, können wir es so machen, wie es die Leitung ihres Hauses wünscht. In ihren Augen sprühten Blitze, sie war in ihrem Element. Sie wollen mir jetzt aber nicht verdeutlichen, dass wir hier alle in Gefahr sind? Wie deutlich muss ich denn ihrer Meinung nach noch werden, Herr Dr. Sköve? Er griff sich in seine kurzen, schwarzen Haare, die erahnen ließen, wären sie länger gewesen, zu einer interessanten Krause explodieren würden. Er atmete tief ein und wieder aus, sagte aber nichts. Herr Dr. Sköve, haben sie einen Jogakurs belegt und spüren jetzt in sich hinein, ich hätte gerne eine Antwort von Ihnen. Können Sie es garantieren? Das war eindeutig zu frech. Kristof nahm ihm die Antwort ab, ich erwarte, von wem auch immer, dass dieser Posten hier einen Platz bekommt. Lisbeth streichelte vorsichtig den rechten Arm ihrer Tochter, hatte aber große Angst, die Schläuche und Kanülen zu beschädigen. Die Gefahr ist noch nicht vorbei sagte Kristof in einer derart schrillen Stimmlage, das Lisbeth sich zu ihm umdrehte. Er hatte sich vergeblich um Beherrschung bemüht, damit war es vorbei. Er begann hemmungslos zu weinen. Lisbeth nahm ihn in den Arm und versuchte ihn zu beruhigen. Ganz ruhig sprach sie mit ihrem Mann, Corin wird wieder gesund, alles wird wieder gut. In Lisbeth breitete sich tatsächlich eine angenehme Ruhe, die Worte des jungen Arztes gaben ein klein wenig Entwarnung und somit auch Zuversicht. Das Kind war nicht in Lebensgefahr. Ich denke, sie können vorerst nach Hause fahren, ihre Tochter braucht absolute Ruhe. Sollte es Veränderungen geben, werden wir sie benachrichtigen, das verspreche ich. Da sie eine Komapatientin ist, können wir Ihnen anbieten, auch hier zu nächtigen, allerdings nicht in diesem Zimmer. Nun war es Kristof der antwortete, ich glaube, wir fahren heim, wir haben

keine Sachen dabei. Corin ist hier in guten Händen gingen die Worte an Signe, der Posten kommt, versprochen? Versprochen, das erledige ich sofort. Widerwillig trennte sich Lisbeth von Corin, als wollte sie sie mit ihrem Blick zum Aufwachen bewegen. Kristof nahm sie an die Hand und zog sie zum Ausgang. Schwester Astrid begleitete die vier zum Aufzug. Signe wollte aber den Polizeiposten über die Zentrale erneut anfordern, ehe sie die Station verließ. Die anderen sollten schon zum Wagen gehen bzw. unten im Eingangsbereich auf sie warten. Sie boten an, bei ihr zu bleiben, was sie aber ablehnte. Nach einer Viertelstunde war der junge Polizeiposten wieder da. Er klingelte an der Tür zur Intensivstation und eine junge Schwester kam, um die Tür zu öffnen. Der Polizist war gemäß Absprache avisiert worden, generell wie alle Besucher, die Patienten auf dieser Station besuchen wollten.

Signe hatte vergeblich gehofft, den jungen Arzt noch einmal zu sehen, was sie mit einem tiefen Seufzer ihre Umwelt wissen ließ. Sie erhob sich auffallend schwerfällig immer noch in der Hoffnung, ihn irgendwo auf der Station zu erblicken, wovon ihr suchender Blick nach rechts und links zeugte. Schade, schade, schade. . . Der junge Polizist stellte sich vor, ich bin Carl. Also begann er. . . , denn er war nicht in der Stimmung freundlich zu sein, da man ihn hin und her geschickt hatte. Hey, ich bin Signe, sie nahm ihm den Wind aus den Segeln,

Carl ich möchte dir kurz den Sachverhalt und die dadurch entstandene Notwendigkeit ihres Auftrages erläutern, was sie sofort in die Tat umsetzte. Nicht zuletzt auch darum, ihm jede Chance zu nehmen, sich noch weiter darüber aufzuregen, dass er weggeschickt und erneut wieder angefordert wurde. Es hatte funktioniert, denn er fragte mit großen Augen, das Personal ist ebenfalls aufgeklärt, niemanden ohne Ausweis bzw. Legitimation hier herein zu lassen? Alles geregelt, ich habe eine Ablösung nach 6 Stunden mit deinem Chef vereinbart. Hast du dein Handy dabei? Dürfen wir hier nicht benutzen, deutete er auf das Schild gegenüber an der Wand. Ja stimmt, dann gehst du zur Nachtwache und bittest das von dort aus regeln zu können, falls deine Ablösung nicht pünktlich kommen sollte. Carl war jung und hatte vermutlich noch nicht viele solcher Einsätze zum Wohle der Bevölkerung erledigen dürfen. Die ärgerliche Mine war einem Blick von Pflichtbewusstsein und Wichtigkeit seines Berufsstandes gewichen. Er war zufrieden, diesen Job hier übernehmen zu dürfen. Geht klar, wie heiß du noch mal? Signe. Ok Signe, du kannst dich auf mich verlassen. Das hoffe ich für uns alle, mein Lieber und für dich natürlich, sie zwinkerte ihm zu.

Ähm, eine Frage hätte ich noch, gibt es denn schon einen Verdächtigen, ich meine, weiß man, wisst ihr schon, wer der Täter ist? Nein, leider nicht, wir warten auf die Auswertung der Spuren und, dass das Mädchen aus dem Koma geholt wird. Wir müssen allerdings damit rechnen, dass das Mädchen unter einer Schockamnesie leidet. Nun, wir müssen uns gedulden. Mit der erneuten Mahnung, pass auf, verließ sie die Station.

Die anderen drei warteten in der Eingangshalle auf sie, standen auf, als sie sie sahen und zusammen gingen schweigend zum Auto. Signe hatte Hunger und Durst, mochte aber darüber nicht sprechen, denn sie vermutete, dass die Sjöbergs wohl keinen Appetit hatten. Als sie ihr Fahrzeug erreichten, war es Lisbeth die sagte, ich hätte Lust auf eine Currywurst, Pommes und einen Kaffee. Signe konnte nicht so schnell antworten, wie sie es gern getan hätte, da ihr das Wasser im Mund zusammenlief. Das klingt gut, war Tyras Reaktion, Burger King ist gleich rechts vor dem Kreisel, und der hat auch die ganze Nacht auf. Bestimmt eine Goldgrube hier am Krankenhaus. Ich frage Ole, sagte Kristof und dann nehme ich mir hier ein Taxi und hole und etwas zu Essen.

Setzt ihr euch schon zu Ole, vorher gebt mir bitte eure Bestellung. Ole war begeistert, denn sein Abendessen war durch diese Aktion ja ausgefallen und Stullen schmierte ihm nur seine Frau, er selbst hatte keine Lust dazu. Tatsächlich standen auf dem Parkplatz jede Menge Fahrzeuge, die Gäste saßen fast alle draußen, denn die Temperaturen waren immer noch angenehm. Kristof holte Burger, Chicken wings, Nuggets und Colas. Mit dem Taxi fuhr er zurück zur Klinik und lief zu Oles Cessna Alle genossen die frische Luft. Krankenhausluft ist für mich ein Gräuel sagte Signe, ärgerte sich aber im selben Moment über diese dumme Äußerung. Ja stimmt, sagte Lisbeth, der Geruch nach Medikamenten und Desinfektionsmittel gibt mir aber auch die Sicherheit, dass in diesem Haus alles getan wird, das die Menschen wieder gesund werden. Signe zog es nun aber vor, darauf nicht zu antworten, denn bei ihrer Mutter hat es nicht funktioniert. Das war eben auch der Grund, dass sie den Geruch immer damit assoziierte, war eben ihr Problem. Als sie fertig gegessen hatten, stiegen sie wieder in Oles Maschine. Ole bat per Funk um Starterlaubnis und der Rückflug begann. Es war Wind aufgekommen und der Start von Uppsala nach Hause war nicht ganz so geschmeidig. Allerdings war die Anspannung nicht mehr so schlimm, somit ertrugen es alle mehr oder weniger. Signe meinte nur, es wäre vielleicht besser gewesen, nichts zu essen. Spucktüten liegen seitlich in den Fächern der Türen sagte Ole mit Blick auf seine Co-Pilotin. Oh mein Gott, ist mir schlecht, warum wackelt das denn jetzt so? Sie überstanden den Flug, Signe nicht so wie gewünscht, aber als sie wieder festen Boden unter den Füßen hatte, kam auch die Gesichtsfarbe wieder.

Nun muss ich aber nötig in mein Bett, verabschiedete sich Ole, wir reden Morgen, sagte Kristof. Ich melde mich bei dir wegen der Bezahlung. Das läuft uns nicht weg, die Hauptsache ist doch, dass ihr erst einmal zur Ruhe kommt, gute Nacht, oder was davon noch übrig ist. Ich glaube, wir haben ein Problem, kaum, dass sie sich fünfundzwanzig Kilometer vom Flugplatz entfernt hatten. Signe war neben Tyra wohl gleich eingenickt, denn es kam keine Bemerkung. Kristof sagte nur, fahr rechts ran und betätige die Warnblinkanlage. Siehst du auf deiner Armatur eine Warnlampe leuchten? Nein. Der Tank ist halbvoll und den Ölstand habe ich beim letzten Tanken kontrolliert. Kristof sah sie ungläubig von der Seite an. Du wirst es nicht glauben, ist so eine Macke von mir, seit es mir tatsächlich einmal passiert ist. Es war der Vorgänger von ihm hier, da leuchtete die Öllampe, ich dachte so schlimm wird es wohl nicht sein, er fährt ja noch. Tat er dann aber nicht mehr lange. Als sie zum Stehen kamen, sagte er nur, bitte das Warndreieck aufstellen und alle hinter die Leitplanke, bitte die Sperre der Motorhaube entriegeln. Hast du eine Taschenlampe? Jepp. Tyra hatte schon ihr Handy aus der Tasche geholt und suchte vorsorglich unter Kontakte die Nummer des KAK, Kungliga Automobil Klubben heraus. So wie ich sehen kann, hat die Zylinderkopfdichtung einen kleinen Riss, da kann ich nichts machen. Tyra hast du. . . . Jepp, das Display leuchtete auf, rufst du uns bitte einen Wagen? Bitte die genaue Bezeichnung, zeig mal deine Fahrzeugpapiere, denn diese brauchen sie für das Ersatzteil, falls es dieses in deren Depot überhaupt gibt oder sie es erst bestellen müssen. Saab 9 – 3 II, Baujahr 2008, gut, damit können sie etwas anfangen. Tyra wählte die Nr. . . . Warteschleife sagte sie, während die anderen sie gespannt ansahen.

Hier, KAK Zentrale, wie können wir Ihnen helfen? Tyra erzählte von ihrem Missgeschick. Bitte geben sie uns die Koordinaten durch, wo sie sich befinden, wir rufen gleich zurück unter der Nummer, die wir auf dem Display sehen.

Gespannt warteten nun alle vier hinter der Leitplanke. Eine Orientierungsbarke war nicht weit hinter ihnen, wo Lisbeth die Bestimmungskoordinaten hatte ablesen können. Vereinzelt fuhren Autos an ihnen vorbei, zwei hielten an, um ihnen Hilfe anzubieten. Nach ca. 20 Minuten kam der ersehnte Rückruf. Die Mitarbeiterin erzählte ihnen, dass sich kein Ersatzteil auf Lager befand, aber man würde sie abschleppen, falls gewünscht. Ja, bitte kommen sie, wir stehen hier und können schließlich nicht zu Fuß weiterlaufen. Es wird ca. 45 Min. dauern, da alle Fahrzeuge unterwegs sind. Tyra war sauer, was glaubt die denn, ich zahle seit Jahren meinen Mitgliedsbeitrag, nun können die mal etwas für mich tun, verdammt noch mal. Nicht aufregen sagte Kristof, verhungern und verdursten können wir ja jetzt nicht mehr und alles Weitere werden wir auch noch schaffen. Lisbeth sagte jetzt ganz laut, dass alle es hören konnten, ich habe schreckliche Angst, dass Gus eine Dummheit begeht. Wenn er der Schuldige ist, was hat er denn noch vor?? Keiner wagte darauf zu antworten. Ich vermute mal, sagte Tyra, bereute es aber im nächsten Moment, diesen Satz begonnen zu haben, er wird sich mit der Familie seiner Mutter in Verbindung setzten wollen. Ja, bestätigte Kristof, das denken wir auch, aber was will er dort, seine Mutter ist doch immer noch verschwunden, oder? Er blickte Tyra fragend an. Nach meinen Unterlagen ja, und die Lunds, also ihre Eltern, Gus Großeltern, hätten uns informiert, wenn sie wieder aufgetaucht wäre. . Da ist noch etwas, bei ihnen lebt noch eine Enkeltochter, also Gus Halbschwester. Ich gehe mal nicht davon aus, dass sie einen gemeinsamen Vater haben. Sie heißt Liv. Keiner sagte etwas in der Hoffnung, es käme noch eine weitere Erklärung. Wer heißt Liv, wagte sich Lisbeth vor. Die Mutter von Gus, also die Tochter von Stian und Mette Lund und die Enkeltochter, die bei ihnen lebt heißt Tuva.

Wenn man sich vorstellt, was in den letzten 48 Stunden alles passiert ist, einfach unglaublich, wie in so einem trivialen Schundroman. Nur mit dem Unterschied, schmückte Lisbeth es noch weiter aus, wir gehören mit zu den Hauptakteuren, stecken einfach ganz tief mitten drin. Nach 35 Minuten kam der Wagen des KAK und hielt direkt hinter ihnen. Eine freundliche Mitarbeiterin Ende 30 stellte die Warnblinkanlage an und kam mit entschuldigenden Worten auf sie zu. Sorry, aber heute haben sich alle verabredet, den KAK anzurufen. So kann man es natürlich auch ausdrücken, Tyra war genervt von der Warterei und von den kleinen versteckten Vorwürfen.

Wir stehen hier nicht, weil wir mit unserer Zeit nichts Besseres anzufangen wissen, das können sie mir glauben. Ich habe gerade einmal überschlagen, wie viel Geld ich ihrem Verein durch meine Beiträge in den letzten zwanzig Jahren zur Verfügung gestellt habe, von dem sie letztendlich auch ihr Gehalt beziehen. Entschuldigung, so war es wirklich nicht gemeint, das sollte ein Scherz sein. Wir kommen gerade aus dem Krankenhaus, uns ist nicht mehr nach Scherzen, das können sie glauben. Die Frau zog es vor, darauf nicht mehr zu antworten und dachte an das Deeskalationstraining. Immer wieder hatte sie es mit Kunden zu tun, die meinten, ihren Frust an ihr auslassen zu müssen. Ich heiße Liv, bitte nehmen sie mir es nicht übel, ich möchte mich selbst davon überzeugen, dass es die Zylinderkopfdichtung ist, da ich meinen Bericht schreiben muss. Das geht in Ordnung, sagte Kristof und rang sich ein krampfhaftes Lächeln ab. Liv schaute unter die aufgeklappte Motorhaube, rüttelte hier und testete dort. Ölstand und Batterie sind in Ordnung, sagte sie mehr zu sich selbst. Sie haben recht, bestätigte sie, aber ich musste mich selbst davon überzeugen. Wohin kann ich sie denn abschleppen, überging sie Tyras Frust, während sie Kristof anlächelte, von dem sie annahm, er sei der Fahrer. Lisbeth traute Ihren

Ohren nicht, wie war der Name, den sie eben gehört hatte? Der Mund wurde trocken, der Atem stockte und das Herz begann zu rasen. Ihr Name war Liv und das Alter ca. Mitte bis Ende Dreißig. Signe war als erste in der Lage, auf die Frage zu antworten, Malmberget, ähm wir müssen nach Malmberget. Hmm sagte sie, in Malmberget gibt es aber keine Vertragswerkstatt, wäre es da nicht sinnvoller, ich bringe sie nach Gällivare, wir stellen den Wagen dort ab und dann fahre ich sie nach Hause. Ja, sagte Kristof, geht das denn? Ja, natürlich. Ich steige an der Polizeistation aus, denn mein Wagen steht dort, mein Dienst beginnt eigentlich um 7.00 Uhr, dieses war ja eine Sonderschicht heute Nacht. Vielleicht kann Edvin uns ja schon Neuigkeiten berichten. Ich kann sie dann anschließend auch heim fahren, richtete sie ihre Worte an die Sjöbergs. Ich denke, das ist eine gute Lösung, wenn wir noch mit Edvin sprechen könnten. Sie erreichten die Polizeistation, bedanken sich bei Liv und gingen Richtung Polizeiwache.

Die Kirchturmuhr schlug, es war 8.00 Uhr. Sie klopfen an Edvins Bürotür, nichts. Signe sagte, sein Wagen steht auf dem Hof, er muss da sein. Moment, ich sehe bei unserem Chef nach. Sie klopfte an Trols Tür schräg gegenüber. Sie ging hinein. Tyra, Lisbeth und Kristof setzten sich auf eine der unbequemen Holzbänke und warteten. Es wurde laut da drin, aber verstehen konnten sie nichts.

Kapitel 13.

Johan überlegte sich drei Möglichkeiten, 1. mit dem Taxi zum Eingang Saltoluokta, 2. per Anhalter dorthin oder 3. mit dem eigenen Volvo, der mit großer Wahrscheinlichkeit auf dem Polizcihof stand. Gefährlich waren alle 3 Varianten, aber da er nicht wusste, in wieweit ein Fahnung nach ihm lief, schienen die ersten beiden Lösungen zu gefährlich, von einem bekannten Taxifahrer oder jemandem aus dem Ort, der ihn kannte, entdeckt zu werden. Die 3. Variante war auch nicht ungefährlich, schien aber die einzige, die ihm zusagte. Er würde es so einrichten, weit nach Mitternacht im Ort anzukommen, Schlafenszeit, wo die meisten Bürger wohlig in ihren Betten lagen und schnarchten oder wer weiß was taten. Wenn es im Ort ruhig war und das war es überwiegend, würden auch die wachhabenden Polizisten auf ihrer Pritsche ein Auge nehmen. Die Straße war so gut wie menschenleer und Johann hatte sich die Kapuze der Steppweste nicht über den Kopf gezogen aber den Reißverschluss bis oben hin geschlossen, so dass sich dieses wie ein breiter Kragen um seinen Nacken schloss. Seinen Blick hatte er auf die Straßenpflasterung gerichtet. Diese war in kleinen Quadraten rot und grau abwechselnd verlegt. Drei mal drei Steine ergaben ein Quadrat, rot, grau, rot, grau….Als Kind hatte er immer versucht, nur eine Farbe zu betreten, was anstrengend war und große Schritte erforderte, wenn er nicht seitlich ausweichen wollte. Dieses hatte allerdings zur Folge, dass er hin und her hüpfen musste. Heute als Erwachsener, hier und jetzt, waren keine so großen Schritte erforderlich, nur die roten Quadrate geradeaus zu betreten, aber er musste sich konzentrieren. Kurz war er versucht, auch seitlich rechts und links. . . ließ es aber, da er nicht hüpfender Weise auffallen wollte. Kurz vor der Polizeistation hatte sich eine Filiale der SEBank niedergelassen, wohl in dem guten Glauben, dass kein böser Bube direkt neben der Polizei auf dumme Gedanken käme. Der beleuchtete Schaukasten des hiesigen Immobilienmaklers gleich daneben weckte seine Aufmerksamkeit. Johann verweilte einen Augenblick vor dem darin befindlichen Aushang, der Schaukasten schloss bis auf ca. 30cm mit dem Ende des Gebäudes ab. Von der Ecke hatte er einen Überblick auf die Einfahrt zum Hof der Polizei. Auf den ersten Blick konnte er seinen Volvo nicht sehen, es standen 6 Fahrzeuge in seinem Blickfeld. Das Tor stand wie immer offen. Er riskierte noch einen kleinen Schritt nach rechts und traute seinen Augen nicht, sein grüner Volvo stand auf dem ersten Platz der ganzen Reihe. Er sah kurz nach oben zum Gebäude, alles unbeleuchtet. Die Nacht war hell, aber zum Arbeiten in den Büros wäre eine Lampe am Arbeitsplatz erforderlich. Alle Fenster dunkel, alles ruhig. Johan zog seinen Kragen noch ein wenig höher, den Autoschlüssel hatte er schon griffbereit in der rechten Hand. Johan hatte eine Wegfahrsperre der zweiten Generation. Der Originalschlüssel hatte einen RFID Chip, kompatibel mit dem Zündschloss. Autodiebe, die ohne Schlüssel direkt über die Zündung den Wagen starten wollten, hatten keinen Erfolg. Das Auto wäre nicht angesprungen. Keine schnelle ruckartige Bewegung beim Einsteigen, er zog die Fahrertür nur kräftig ran, damit das Schloss einschnappte, richtig geschlossen war sie nicht. Egal, beim rechts abbiegen konnte sie so nicht von allein aufgehen. Bin kein Dieb, mein Volvo verdammt noch mal, habe keiner Menschenseele etwas zu Leide getan, sagte er laut und rollte langsam vom Hof. In seinen Augen bildeten sich Tränen. Tränen der Wut und der Ohnmacht, von jetzt auf gleich war sein ganzes Leben in Unordnung geraten. In was für ein Schlamassel bin ich da nur hinein geraten? Er blickte noch einmal in den Rückspiegel, kein Licht ging an, keine Sirene ertönte, sein Herz schlug fast wieder normal. Aber nur fast. Auf der Hauptstraße ging sein Blick noch einmal in den Rückspiegel, es fuhr kein Fahrzeug hinter ihm, Gegenverkehr gab es auch keinen. Adrenalinausstoß, ihm wurde heiß, der Reißverschluss seiner Steppweste hatte sich in der darunter liegenden Stofflasche verfangen und ließ sich nicht weiter herunter ziehen. Normalerweise hätte er sich darüber aufgeregt. Normalerweise, jetzt war nicht normalerweise. Johann fuhr erst einmal ohne Plan rechts, wieder rechts und stoppte am Straßenrand. Er stellte den Motor aus, holte tief Luft und atmete bei geöffnetem Fenster wieder aus. Jetzt eine Zigarette, dieser Wunsch war, seitdem er das Rauchen aufgegebenen hatte, nie stärker gewesen, als in diesem Augenblick. Ein junger Mann kam auf der gegenüber liegenden Straßenseite aus einem Hauseingang und zündete sich eine Zigarette an. Der Qualm hatte schon die Synapsen zwei seiner Sinne zusammen geführt. Geruch und Geschmack aktivierten den Speichelfluss, bevor der Raucher sein Zippo wieder zuklappte. Johann blickte auf sein Handy, aber der junge Mann nahm ihn nicht war, tat einen tiefen Zug , blickte zum hellen Sternenhimmel und bog nach links in die kleine Seitenstraße mit Kopfsteinpflaster. Johann versuchte noch etwas von dem Qualm zu einzufangen, betätigte den Fensteröffner auf seiner Fahrerseite und steckte leichtsinnig seinen ganzen Kopf hinaus. Als ihm bewusst wurde, was er da gerade getan hatte, schüttelte er den Kopf, stieß sich diesen oben am Rahmen und schloss das Fenster, nachdem er sich wieder gerade hinter das Lenkrad positioniert hatte. Johann setzte das Fahrzeug langsam in Bewegung, ohne das Licht wieder einzuschalten. In seinen Augen bildeten sich Tränen. Tränen der Wut und der Ohnmacht, was ihm seit seiner Schulzeit nicht mehr passiert war. Ungerechtigkeiten gegen ihn oder auch Personen bereiteten ihm physische Schmerzen, schon damals. Sein Vater hatte ihn gelehrt, Konflikte niemals mit Fäusten zu lösen. Sein Credo war immer: wenn der Geist aufhört, walten die Fäuste. Johan hatte sich daran gehalten. Manche Erziehungsmethoden fand er nicht so witzig, denn sein Vater war sehr streng gewesen. Wie oft hatte er ihm gesagt, dass er, sollte er einmal selber Kinder haben, dieses anders regeln würde. Dann pflegte er zu sagen, wenn du einmal Kinder hast mein Sohn, wird du mich verstehen, alles wiederholt sich im Leben. Du wirst dann genau solche Angst um deine Kinder haben, wie deine Mutter und ich um dich. Aus diesem Grund bestehen wir auf Regeln und nicht, um dich zu ärgern oder dir etwas zu vermasseln. Dieses, was hier passierte, war aber anders, er konnte eigentlich noch niemanden dafür verantwortlich machen. Die Polizei tat nur ihre Arbeit und die Fäden aller unglücklichen Umstände liefen momentan bei ihm zusammen. Er fühlte just in diesem Augenblick sogar so etwas wie Verständnis für die Ermittlungsbeamten. In was für ein Schlamassel bin ich da nur hineingeraten, mein ganzes Leben ist von jetzt auf gleich ein einziges Chaos und ich habe niemandem etwas zu Leide getan. Selbstmitleid bring mich nicht weiter beschloss er, ich muss beweisen, dass ich es nicht war. Johan versuchte sich noch einmal wieder zu erinnern: Der Pilot und der Notarzt hatten sich unterhalten, als sie zusammen den Helikopter verließen und das Mädchen im Krankenhaus in die Notaufnahme schoben. . . . ja die Polizei vermutet, dass es die Tochter von Familie Sundberg, Sköllbeck.. den genauen Namen weiß ich nicht mehr, ist. Johan kannte Familie Sjöberg mit den beiden adoptierten Kindern, ein Junge und ein Mädchen. Vermisstenanzeige. . . Sohn hat sich im Jugendamt über seine Herkunft . . . Camp Äventyr. Was ist das für ein Zusammenhang und wo war der Junge. Die Gegend ist abgesucht worden, es wurde kein verletzter Junge gefunden und vor allem, kein männlicher Parkbesucher hat eine Meldung gemacht über einen Unfall oder, dass er seine Schwester vermisst. Nach diesen Stunden hätte er irgendwo auftauchen müssen. Es war mittlerweile 5.00 Uhr und Johan hatte den Aufgang Saltoluokta über einige Umwege aber ohne Überraschungen erreicht. Johan kannte den Eingang Saltoluokta. Dort ganz in der Nähe befand sich ein Teil des Sommerreservats der Samen. Sie kannten sich und waren auf gegenseitige Hilfen angewiesen. Johan würde die Gelegenheit nutzen und ihnen einen Besuch abstatten, dort würde er auch seinen Wagen abstellen, sollte er gesucht werden. Er hatte überlegt, dass die Fahndung vielleicht eingestellt worden war, da der Volvo ja auf dem Polizeiparkplatz abgestellt war. Nun, vielleicht hatte man den leeren Platz heute Morgen schon entdeckt, dann würde die Fahnung wieder aufgenommen. Ein Blick auf seine Uhr sagte ihm, dass er genug Zeit hatte, bevor die Gruppe mit Tuva in den Park aufbrechen würde. Johan war sich genaugenommen gar nicht im Klaren, was er unternehmen wollte. Tuva hatte kein Vertrauen zu ihm, sollte er sie im Park überraschen. Wie sollte er sie davon überzeugen, dass er mit der ganzen üblen Geschichte nichts zu tun hatte. Was hatte dieser Bruder, besser gesagt Halbbruder, vor? Würde er Tuva auch etwas antun wollen, hatte sie ihn beobachtet Sie hatte Gäste, die sie führte, auch ihnen durfte er keinen Schrecken einjagen.

Er konnte schon von Weitem das Sommerlager der Samen sehen, die bunte Flagge leuchtete. Eine rote, eine blaue Hälfte wurden in der Mitte durch eine grüne und eine gelbe vertikale Linie unterbrochen. Ein blauroter Kreis in der Mitte sah aus, wie eine kleine Zielscheibe. Hoffentlich sind Ukko und seine Frau Magga schon wach, bestimmt, denn die große Rentierherde stand immer an erster Stelle. Oder fast, neben seiner Familie, seiner großen Familie, die auch er führte. Sie lebten zu dieser Jahreszeit im großen mobilen Sommerdorf, im Gegensatz zum Winter, da bezogen sie ihre festen Unterkünfte am Rande des Reservates. Ukko bedeutet großer Vater, und das ist er wirklich dachte Johan, ein großer Vater für sein Dorf, eben der Dorfälteste mit seiner liebenswerten Frau Magga. Die gemütlichen Lanus waren im Kreis aufgebaut. Eine himmlische Ruhe empfing ihn, dieses spürte er jedes Mal, wenn er zu ihnen kam. Man nahm die Zufriedenheit der Menschen, die hier zusammen lebten, wahr, man konnte sie greifen. Sie gehörten zusammen, denn selbst im Winter blieben sie zusammen im Winterquartier. Ukko kam aus seinem Zelt, sah das Auto von Johan und kam lachend auf ihn zu. Die Männer begrüßten sich mit einer herzlichen Umarmung. Johan wie schön, dich zu sehen, sei unser Gast. Ukko, ich habe nicht allzu viel Zeit, ich habe zu arbeiten, wollte nur mal kurz hallo sagen und sehen, ob bei euch alles in Ordnung ist. Ja, mein Freund, das ist es, wir sind zufrieden. Der Sommer ist gut und unsere Tiere haben genug zu fressen, wir sind gesund, was wollen wir mehr. Das freut mich. Wie ist es bei dir, du siehst nicht gut aus, was ist los? Ich habe viel Arbeit, suche eine Bären, der bringt Unruhe. Ihr holt doch eure Tiere abends in die Gatter? Mach dir keine Sorgen um uns, wir haben alles im Blick.

Trink wenigstens einen Tee mit uns, Magga hat gerade welchen gekocht. Seine Frau hatte die Stimmen gehört und lugte aus dem Zelt. Johan, mein lieber, schön dich zu sehen. Du weißt, wäre ich 20 Jahre jünger, würde ich dir den Hof machen. Johans verkrampftes Lachen fiel auch Magga auf. Dich bedrückt was, können wir dir helfen? Für einen Moment war er versucht, sich ihnen anzuvertrauen. Ein Bär, Magga, er ist auf der Suche nach einem Bären, antwortete Ukko. Er wollte nicht, dass sein Freund in Erklärungsnot kam, denn es war nicht der Bär. Bären hat es immer schon gegeben. Magga sah ihn an, war aber ebenso nicht davon überzeugt, dass das der Grund seiner Besorgnis war. Komm setz dich und trink erst einmal einen Tee. Johan genoss den Tee und holte tief Luft, es ist schön bei euch, als würdet ihr auf einem anderen Stern leben. Alles ist hier immer so friedlich, selbst die Tiere strahlen eine fühlbare Ruhe aus. Das ist das Leben, was wir gerne führen Johan, sagte Magga, seit vielen, vielen Jahren. Wir jagen niemandem, und nichts hinterher, alles, was wir brauchen, gibt uns die Natur und wir danken es ihr, indem wir sorgsam mit ihr umgehen. Die Menschen sind für diesen Einklang verantwortlich, niemand sonst. Johan sah von Magga zu Ukko und tat noch einmal einen tiefen Atemzug, ihr seid meine Freunde, zu euch habe ich Vertrauen und ja, ich habe ein großes Problem. Ich muss es erzählen, sonst werde ich noch verrückt. Die beiden ließen ihn erzählen, unterbrachen ihn nicht, hörten einfach nur zu. Als er endete, sagte Ukko, das ist eine sehr schlimme Sache mein Freund, in die zu da hinein geraten bist. Man wird den Schuldigen finden mit den neumodischen Untersuchungen, die die Polizei durchführen wird, Spuren und wie heißt noch dieser Fingerabdruck... DAS? Es heißt DNA. Mit Haaren, Speichel, Hautpartikeln etc. kann man die Bausteine des menschlichen Erbgutes entschlüsseln. Das hört sich gut an, davon verstehe ich aber so gut wie nichts. Wie ist es denn mit den guten alten Abdrücken der Schuhe? Ja, die hat es am Tatort jede Menge gegeben, leider sind meine auch dabei, weil ich dem Mädchen geholfen habe. Du musst Vertrauen haben Johan, geh zur Polizei und bereue, dass du geflohen bist. Du wirst ihnen damit helfen, dann können sie sich auf den richtigen Täter konzentrieren, so ermitteln sie vielleicht in die falsche Richtung und vergeuden Zeit. Hilf ihnen, indem du zu ihnen gehst. Sag die Wahrheit, dass du überreagiert hast. Alles andere wäre nicht gut, auch wenn du Tuva über den Weg läufst, sie weiß doch gar nicht, was sie glauben soll. Sie ist eine Frau, du kannst sie nur mit der Wahrheit und mit Realitäten überzeugen, kam von Magga. Ich glaube, ihr habt mich überzeugt, eigentlich sagt mir das auch mein Bauchgefühl. Dann hättest du eben zwei Tage im Gefängnis gesessen, na und? Das wollte ich eben nicht, verdammt. Du hättest dir einen großen Teil deiner Aufregung sparen können, oder? Wir machen dir keine Vorwürfe, dazu haben wir gar kein Recht. Dazu sind Freunde doch da, einem einfach mal den Kopf in die richtige Richtung zu rücken. Johan trank seine fünfte Tasse Tee, stand auf und konnte wieder lachen. Er verabschiedete sich mit den Worten, ich schätze euch sehr meine Freunde. Komm bald wieder, wir wollen den Rest der Geschichte hören, versprochen?? Versprochen, hoffentlich bald.

Er fuhr zurück nach Gällivare mit einem großen Gefühl der Befreiung. Die beiden hatten ihm das Schuldgefühl wieder genommen, das sich ihm durch die Kausalität der Unglücke bei ihm eingenistet hatte.

Kapitel 14.

Mette hatte das Frühstück pünktlich um 7.30 Uhr fertig zubereitet. Das selbstgebackene Sauerteigbrot mit Kürbiskernen duftete zusammen mit dem frisch gekochten Kaffee durch das ganze Haus. Stian hatte die Schlittenhunde gefüttert und diese lagen nun satt und zufrieden in ihren Hütten, die auf der Schattenseite des Anwesens unter einem Dach standen, da sie es nicht so gerne hatten, wenn es heiß wurde. Schnee war ihnen eindeutig lieber, so dass im Sommer fast nur Erholung angesagt war. Nur in den Abendstunden, wenn sich die Sommerhitze zurückzog, mussten sie ein leichtes Training absolvieren, um nicht aus der Übung zu kommen. Stian hatte zu diesem Zweck einen Hundeschlitten umfunktioniert und Rollen darunter gebaut. Die Tiere liebten dieses Gefährt, wenn es nicht zu warm war. Er setzte sich in freudiger Erwartung auf seinen Chefplatz, wie er ihn nannte, und wartete. Er hatte Hunger und rief, was ist denn nun. . . Es geht sofort los mein Lieber, rief seine Frau. Tuva kam mit einer Liste die Treppe runter. Auf dieser Liste stand alles, was sie bedenken musste, um auf einer Tour keine Überraschungen zu erleben. Als sie die letzten drei Stufen erreicht hatte, blickte kurz nach rechts zu der kleinen alten gusseisernen Garderobe, die nur noch aus zwei Haken mit jeweils einem dicken roten hölzernen Elchkopf bestand, einer war wegen Überlastung bereits abgebrochen. Opa, hast du meine Koppel mit der Pistole woanders platziert? Du weißt, ich mag es nicht, wenn du meine Sachen woanders . . . Das habe ich mir gemerkt, mein Kind, dieses Ding werde ich nie nicht mehr anfassen und wenn es draußen vor der Tür liegen würde. Sie wollte gerade antworten, Opa sag nicht immer nie nicht… tauschte es aber aus gegen. . .bitte wiederhole das, was du gerade gesagt hat. Du meinst, nie nicht, den Gefallen tue ich dir hiermit gerne. Opa, keine Scherze jetzt, meine Koppel hängt nicht mehr an dem Ding hier, ich habe sie gestern Abend neben meine Hose gehängt, das heißt, nicht neben, sondern unter meine Hose. Sie ist weg. Der Ton wurde rauer. Was soll das heißen? Mette stand hinter ihr, Oma, entschuldige bitte, was hast du an diesen drei Wörtern – sie ist weg – nicht verstanden? Ich dachte, ich hätte mich verhört, tut mir leid. Sieh noch einmal deine ganzen Sachen durch, vielleicht hast du sie woanders. Oma, dieses ist der Platz, das weißt du, ich hänge meine Koppel nirgends woanders hin. Oh, mein Gott, wo ist eigentlich unser Gast? Tuva hatte sich auf das

Frühstück gefreut, im Moment war ihr der Appetit vergangen. Stian, gehst du bitte Oscar holen, vielleicht hat er verschlafen. Tuva ging ein furchtbarer Gedanke durch den Kopf. Sie sagte aber nichts. Stian erhob sich langsam in der Hoffnung, er könne sich diesen Gang ersparen und Oscar käme zur Tür herein. Mit den Worten, die Hoffnung stirbt zuletzt und einem Blick, als sei der gedeckte Tisch mit Brot, Käse, Wurst, Gurken, Tomaten, Rührei, Getreideflocken, Joghurt und Saft eine Fata Morgana, verließ er die Wohnküche über die Terrasse. Stian betrat die Unterkunft und klopfte an die Tür des Zimmers, welches Gus sich ausgesucht hatte, mit den Worten, Oscar aufstehen, Frühstück. Hey Oscar, wir warten auf dich und haben Hunger, nichts. Er öffnete vorsichtig die Tür, ich komm jetzt rein. Das Zimmer war leer. Das Bett war benutzt und es dauerte einen kleinen Moment, bis Stian die Sachlage richtig einordnen konnte. Kein Rucksack, keine Utensilien, nichts deutete mehr darauf hin, dass hier noch jemand wohnt. Der Vogel ist ausgeflogen, sagte er laut und rannte fast zum Haus zurück. Rennen tat er nicht oft, genau genommen, nie. Der ist auch weg, mit diesem Satz kam Stian zur Terrassentür herein. Mette hatte nur weg verstanden, wenn du deine Brille suchst, die hast du auf der Nase. Brille, Brille, Mette dieser

Oscar ist weg. Ja, da haben meine Smith & Wesson und er wohl etwas gemein, auf und davon, nur mal eben so in den Raum gestreut. Tuva, mach keine Witze, mit so was spaßt man nicht. Oma, das ist Galgenhumor. Ich kann auch anders, dieser Typ gefiel mir nicht, der gefiel mir absolut nicht, der hat meine Waffe geklaut und hat etwas damit vor. Ich weiß nur noch nicht, was. Was machen wir jetzt, die Lehrer kommen gleich, die können wir nicht wegschicken. Oma, jetzt mal langsam. Wir haben noch eine gute Stunde Zeit, es ist jetzt 8.00 Uhr

1. Wir melden den Diebstahl der Polizei einschließlich Täterbeschreibung. 2. Wir frühstücken und 3. Opa, du gibst mir deine Waffe und 4. Wir machen alles, wie besprochen und zu keinem ein Wort, habt ihr mich verstanden? Können wir die Meldung nicht noch ein wenig zurückhalten versuchte Stian es bei seiner Enkeltochter. Nein, Opa, stellt er irgend etwas Dummes damit an, haben wir ein großes Problem. Ja, Kind du hast natürlich recht, aber wenn wir gefragt werden, wo sich die Waffe befand? Die Antwort gab er selbst, da sag ich, ich sollte sie in meinen Tresor legen und habe

es vergessen. Das lasse ich durchgehen sagte Tuva, gar nicht schlecht. Opa, du warst immer mein Vorbild, da tun sich ja Abgründe auf, sie lachte ihn an. Ich verbuche das unter Notlügen, wozu gibt es die denn sonst. Mette stand da und hörte den beiden zu, das gefällt mir nicht, was hat dieser Unhold denn vor. Im günstigsten Fall hat er nur die Gelegenheit gesehen, an eine Waffe zu kommen, ohne Plan. Mette hatte einen Verdacht, den sie aber in Gegenwart von Tuva nicht aussprechen wollte. Während Mette und Stian am Tisch saßen, telefonierte Tuva mit der Polizeistation in Gällivare. Es ist jetzt fast 8.45 Uhr, was reden die denn solange wollte Tuvas Großmutter wissen. Na ja, es ist ein Waffendiebstahl und den einen oder anderen kennt sie doch, bei der Polizei mein ich, Frauen können doch stundenlang telefonieren, wem sag ich das. Entschuldige Stian, deine kleinen Späßchen in allen Ehren, aber ich finde sie in diesem Zusammenhang jetzt richtig pietätlos. Stian konnte über seine eigenen Witze eigentlich immer lachen, tat er auch jetzt, bis er seine Frau ansah. Langsam führte er seine grinsenden Wangen wieder der Grundhaltung seiner Mimik zu, räusperte sich währenddessen geräuschvoll, zum Überbrücken seiner Verlegenheit. Sie schüttelte den Kopf. Tuva ging die Treppe hinauf in ihre

Wohnung und rief hinunter, komme gleich wieder.

Das, was sie soeben von Edvin Johnson erfahren hatte, entzog ihr den Boden auf dem sie gerade noch gestanden hatte. Das ganze Blickfeld des kleinen Vorflures geriet vollkommen aus dem Gleichgewicht, als würde sie in einem ihrer kleinen Kanus sitzen. Sie taumelte fast die Treppe hinauf und schaffte es gerade noch auf ihren bequemen Sessel, der am Fenster stand. Sie versuchte, ihre Gedanken zu ordnen. Das bedeutete nichts Gutes. Sie war mit Edvin übereingekommen, dass der Diebstahl erst einmal telefonisch aufgenommen wurde und die Großeltern von den anderen Vorkommnissen noch nicht informiert werden sollten.. Tuva bestand darauf, da sie ihre Tour unbedingt mit den Lehrern machen wollte. Du hast die Waffe deines Großvaters, sie ist intakt? Ja alles Ok, Opa hat sie immer in seinem Waffenschrank, putzt sie regelmäßig und testet sie, darauf können wir uns verlassen. Tuva hatte sich einigermaßen gefangen und blicke auf die Uhr, 9.00 Uhr. Langsam ging sie die Treppe hinunter und starrte die kleine Garderobe an. Die Koppel hatte keine Geisterhand wieder dorthin gehängt. Ich brauche jetzt einen Kaffee, solche Aufregung noch vor dem Frühstück, versuchte sie die Situation zu beherrschen, zu überspielen, allerdings nicht. Die Lehrer kommen gleich, ich muss mich beeilen. Du musst doch etwas e…… ich glaube sie kommen, ich höre Motorengeräusche. Sie lief über die Terrasse hinüber zum Parkplatz. Mette sah ihren Mann hilflos an, was nicht häufig geschah. Sie hat gar nichts mehr von dem Gewehr gesagt. Es ist eine Pistole, mein Schatz, eine Smith & Wesson. Das ist doch nun völlig egal, du weißt doch, was ich meine, man…Mette war ebenfalls der Appetit vergangen, ihre Gedanken verselbständigten sich, aber in eine ganz andere Richtung. Wenn dieser Oscar ein Kind ihrer verschollenen Tochter Siv sein sollte, dann ist er ein Halbbruder von Tuva. . . es gibt keine Zufälle. . . was wollte er hier, die Verhältnisse in Augenschein nehmen, sein Erbe begutachten?? Der Schweiß brach ihr aus und sie schnappte nach Luft. Vor allem hatte er mitbekommen, wohin Tuva mit ihrer Truppe will. Andererseits, versuchte sie sich zu beruhigen, es sind 7 Erwachsene, was sollte da schon passieren. Gefallen tat ihr das alles aber nicht. Als die beiden Fahrzeuge nebeneinander zum Stehen kamen, dachte Tuva nur noch wie froh sie war, diesen unangenehmen Kerl nicht mehr an der Hacke zu haben.

Gunnar, Per, Lennart, Paul, Mina und Tilda kletterten aus den beiden Fahrzeugen, streckten sich und gähnten herzhaft. Die beiden Frauen hakten sich unter und tanzten ausgelassen im Kreis, während die Männer die Rucksäcke neben die Autos stellten. Tuva lief mit ausgebreiteten Armen auf sie zu, denn sie freute sich, alle zu sehen. Diese Gruppe kam schon zu dritten Mal in das Camp und hatte Gefallen an den Wanderungen gefunden. Wie schön, euch alle wieder hier zu haben, das Wetter ist prima sagte sie, nur die Mücken sind in diesem Jahr besonders aggressiv, ich hoffe ihr habt an eure Kopfnetze gedacht. Zusätzlich zu den Mücken haben wir in diesem Jahr eine Marienkäferplage, leider sind es nicht unsere heimischen, harmlosen roten mit schwarzen Punkten, sondern die asiatischen Verwandten. Nun, sagte Per, die finden es hier eben auch so schön wie wir. Ich hätte auch gar nichts dagegen, nur sind diese Verwandten aggressiver und beißen. Sie hinterlassen große dunkelrote Flatschen mit einem ekelhaften Juckreiz. Stopft also die Hosenbeine schön in eure Wanderschuhe und krempelt eure Ärmel herunter, ihr kennt das. Zecken gibt es ja nach wie vor, Im Gegensatz zu den Zecken merkt ihr, wenn die Marienkäfer beißen, bei den Zecken juckt es viel später, wenn sie sich festgesaugt haben.

Du hast schon Erfahrung? Wollte Tilda wissen. Und ob, beim ersten Mal hatte ich drei auffällig große dunkelrote Stellen an meiner rechten Wade und dachte, es seien zu Monstern mutierte Mücken gewesen. Bis ich einmal mit hochgekrempelten Hosen gelaufen bin und es an meiner linken Wade zwickte, da sah ich ihn, er ließ sich gar nicht so vertreiben, wie eine Mücke, der saß richtig fest. Zuerst habe ich auch noch nichts gesehen, dann am nächsten Morgen hatte ich wieder so eine Stelle, wie am rechten Bein, daher weiß ich es so genau. Ihr braucht euch keine Sorgen zu machen, ich habe gegoogelt, die Biss sind nicht gefährlich, vielleicht sind meine roten Flecken nur eine besondere Reaktion, bei euch muss es ja nicht so sein. Ich denke, soweit haben wir alles geklärt, was es Neues gibt. Wir fahren mit zwei Autos, einigt euch, wer bei mir mitfahren möchte. Tilda und Mina riefen wie immer, wir. OK., dann fahren die Männer in einem PKW und wir. Von mir aus kann es gleich losgehen, ich möchte mich nur noch von meinen Großeltern verabschieden. Aber die beiden kamen schon über die Terrasse und wollten ebenfalls die Gäste begrüßen bzw. verabschieden. Willkommen rief Mette schon von weitem und nahm die beiden Frauen herzlich in die Arme. Den Männern drückte sie die Hand. Stian beließ es bei allen mit dem Händedruck. Wir wünschen euch eine gute Tour und wenn ihr zurückkommt, bleibt ihr noch eine Nacht und wir veranstalten ein Grillfest, was haltet ihr davon? Wir sind dabei, wollten sowieso Fragen, ob wir zwei oder drei Tage Verlängerung haben können, sagte Mina. Sehr gerne, kam von Mette, die nächste Gruppe kommt erst nächste Woche.

Tuva hatte ihren Rucksack geholt und ging zu ihrem Volvo, die beiden Frauen folgten ihr. Mette ging hinterher, um ihre Enkeltochter noch einmal richtig zu drücken und ihr zu sagen, wie lieb sie sie hat. Oma, ich euch auch. Mach dir keine Sorgen, es wird nichts passieren, sie sah es ihrer Großmutter an der Nasenspitze an, wie sehr sie sich sorgte. Alle stiegen in ihre Fahrzeuge und fuhren langsam vom Hof, Tuva voran. Ein paar Tränen kullerten, Stian nahm seine Frau in den Arm, es wird nichts passieren, Tuva kennt sich doch aus. Ich habe das Gefühl, dass deine Angst immer schlimmer wird, entspann dich, sie sind zu Siebt. Mette schnäuzte sich, sagte aber noch kein Wort. Ihre düsteren Gedanken wollte sie erst einmal für sich behalten. Hast du noch Arbeit für mich, fragte er seine Frau, sonst würde ich wieder in die Werkstatt gehen. Ich muss die Bremsen am Hundeschlitten noch nachstellen. Mach du nur, ich werde mich noch weiter um die Buchführung kümmern. Mette ging wieder über die Terrasse in die Wohnküche, um den Tisch abzuräumen. Gott sei Dank, dann hatte Tuva ihren Teller doch noch leer gegessen dachte sie, während sie die Teller zusammenstellte. Schreckliche Aufregung am frühen Morgen, was sind das den für Drecksklumpen. Sie setzte sich wieder an ihren Sekretär, drehte aber den Stuhl so, dass sie aus dem Fenster schauen konnte. War dieser Oscar ihr Enkel, der Sohn ihrer Tochter Liv? Sie hatten Jahre lang nach ihr gesucht, Jahre lang auf ein Lebenszeichen gewartet. Flugblätter verteilt, nichts. Wenn es so wäre, sie würden den Jungen in der Familie aufnehmen, warum die Geheimnistuerei? Wenn, wenn, wenn er es denn ist. Gleich zu Anfang, beim Blick durch das Fenster hatte sie sofort an Liv gedacht und als er am Tisch ihr gegenüber saß, war es, als wisse er es auch. Wir werden es sicherlich bald erfahren, dachte sie und zwang sich, ihre Buchführung zu Ende zu bringen. So oder so.

Stian hatte sich gerade über die Bremsen des Hundeschlittens hergemacht, als er ein Geräusch hörte. Einen Moment hielt er inne, arbeitete aber weiter. Die Tür seiner Werkstatt hing in einer Verankerung und konnte mit den Rollen durch seitliches Schieben geöffnet und geschlossen werden. Die Tür wurde mit einem Schwung geschlossen und es wurde dunkel. Stian hatte so gut wie nie Angst, aber dieses gefiel ihm nicht. Er wartete darauf, dass sein ungebetener Gast seinen Mund auf machte. Er konnte ihn ja noch nicht einmal sehen. Stian drückte seinen Rücken gegen das Gefährt um zu verhindern, von hinten angegriffen zu werden. Na Opa, da staunst du was? Stian erkannte die Stimme und nun stand er auch schon vor ihm. Oscar, was soll dieses Theater, dein Opa bin ich schon gar nicht. Was willst du? Dein Benehmen ist ungezogen. Mag schon sein, kommt immer auf die jeweilige Sichtweise an. Wie meinst du das? Nun, begann er, Opa, ich schlage vor, du fährst mit mir zu eurer Bank nach Gällivare und gibst mir ein bisschen von eurem Geld ab, was hälst du davon? Gar nichts, wie komme ich dazu, dir Geld zu geben? Gus hatte die Smith & Wesson unter seiner Jacke hervorgeholt und hielt sie Stian an die Brust. Glaubst du nun, dass es kein Spaß ist? Das ist die Waffe von unserer Enkeltochter sagte er, Gus antwortete nicht. Hast du deine Kontokarte dabei oder musst du erst Oma fragen? Was heißt Oma fragen, du bist unverschämt. Was hast du denn für eine Erziehung genossen, was hast du bloß für ein Elternhaus? Wir werden jetzt ganz ruhig zu deinem Wagen gehen und einsteigen, dann fahren wir zu eurer Bank, ich habe dich und Oma dort beobachtet. Du machst keinen Lärm, schreist hier nicht rum und rennst auch nicht weg, sonst benutzte ich diese hier, darauf kannst du deinen Arsch verwetten. Über mein Elternhaus reden wir später. Ich werde mit dir in die Bank gehen, du machst auch dort keinen Scheiß, ich habe nichts zu verlieren. Mensch Junge, sei doch vernünftig, wir können doch über alles…… Reden meinst du , ja glaubst du das wirklich, alle Probleme kann man so wegreden? Wenn du das hier durchziehst, dann hast du richtige Probleme, das kannst du wohl glauben. Bewaffneter Raub. Mein lieber Mann, auch als Jugendstrafe, dafür gehst du in den Knast. Du hast doch keine Ahnung spuckte er die hasserfüllten Worte Stian an seine Latzhose. Also beweg dich Opa, du sagst Oma Bescheid, denke, du musst dich abmelden, sonst macht sie sich bestimmt Sorgen, oder? Opa fährt doch nicht so vom Hof, ohne sich abzumelden sagte er grinsend und drückte Stian noch einmal die Pistole in den Rücken. Denk dran, keine Überraschungen. Stian ging nicht ins Haus, denn er befürchtete, dass Mette ihm anmerken würde, dass etwas nicht stimmt. Seine Kontokarte hatte er in seiner Brieftasche und der Autoschlüssel steckte. Du fährst jetzt deine Karre rückwärts an die Werkstatt, so dass ich einsteigen kann ohne dass Oma mich sieht. Du kannst schon mal überschlagen, wie viel du für mich locker machen kannst. Anlügen brauchst du mich nicht, ich hatte letzte Nacht Gelegenheit, mich persönlich davon zu überzeugen, wie gut es euch geht.

Wir haben unser ganzes Leben hart dafür gearbeitet, verdammt noch mal. Meinst du, du kannst dich jetzt hier einfach bedienen, wie es dir Spaß macht? Ja, das meine ich, was dagegen? Ob ich was dagegen habe, willst du wissen, du hast Nerven. Das streite ich gar nicht ab, ich will nur das, was mir zusteht. Was heißt zusteht, wie kommst du darauf, dass dir von unserem Geld auch nur eine Öre zusteht. 1.000 Kronen pro Monat auf 16 Jahre, macht 192000 Kronen, du kannst auch aufrunden 200000 Kronen. Weißt du, was ich gerade verstanden habe, ja du hast 200000 Kronen verstanden, das ist richtig. Kannst du mir bitte mal erklären, was das alles zu bedeuten hat? Oma wird es dir erklären, da bin ich mir ganz sicher. Die hat es schon verstanden. Du unverschämter Rotzbengel, sie heißt Mette und nicht

Oma, für dich schon mal gar nicht. Ich kann doch nicht einfach 200.000 Kronen abheben, ohne dieses vorher anzumelden.

Doch, das kannst du, 200.000 Kronen sind die Grenze, halt mich nicht für blöde. Du wirst ihnen erzählen, dass deine Tuba, oder wie sie heißt, ein neues Auto benötigt, das alte hat seinen Geist aufgegeben. Stian brachte so schnell nichts aus dem Gleichgewicht, aber hiermit war er eindeutig überfordert. Er sah ein, dass es nichts brachte und die Untermalung der Forderung mit der Pistole sprach für sich. Er fuhr das Auto rückwärts an die Werkstatt wie Gus es befohlen hatte, dieser stieg ein und betätigte fast gleichzeitig die Rückenlehne, sodass er liegend vom Hof fuhr. Stian fuhr langsam die Auffahrt runter und blickte dabei in den Rückspiegel. Er sah Mette am Fenster stehen, denn dieses stand weit geöffnet und sie war es tatsächlich nicht gewohnt, dass Stian ohne ein Wort sein Heim verließ. Er hob kurz seine rechte Hand und sie erwiderte den Gruß.

Stian hatte kein gutes Gefühl.

Kapitel 15.

Die Flurtür öffnete sich und Johan sagte kurz"
Hey", klopfte gleichzeitig an TTs Tür und ging
hinein. Es wurde laut, die Stimmen überschlu-
gen sich, sie hörten nur, wie Johan schrie, hört
mir doch bitte einfach nur zu. Dann war Ruhe.
Ich höre gar nichts mehr sagte Tyra zu Lisbeth
und Kristof, die es auf der unbequemen Holzbank kaum noch aushielten, ist das ein gutes
oder ein gutes Zeichen? Ich glaube ja, es ist
ein gutes Zeichen. Wie heißt es so schön, Ge-
witter reinigen die Luft, Dauerregen verunrei-
nigt sie, oder so ähnlich. Warum dauert das
denn so lange, ich habe die Warterei jetzt langsam . . . die Tür ging auf und Signe lächelte,
kommt mal alle rein zu uns. Tyra Mikkels ließ
den beiden den Vortritt. Im Raum spürten sie
die Entspannung sofort, das Fenster war weit
geöffnet und die frische Morgenluft hatte die
atmosphärischen Störungen einfach hinaus ge-
pustet. Thore Trol stellte sich vor, Trol mit einem L, aber TT reicht, bitte nehmen sie Platz,
ich leite die Ermittlungen. Er berichtete den
derzeitigen Sachverhalt ohne Emotionen und
er Johan, sein vollstes Vertrauen genoss. Die
Spurensicherung hatte heute Morgen bereits
die Auswertungen der Schuhabdrücke ge-

schickt. Sicher, sagte er, sind die Abdrücke von Johan dabei, er hat die markante Größe 52. Aber, ein auffälliger Abdruck eines Sportschuhs sei in gleicher Anzahl dort zu finden gewesen, Größe 45. Ich kann Ihnen sogar die Marke nennen: basics trail attack mit einem Allroundprofil, geeignet für Schlamm, Geröll, Nässe, ein sehr robuster Schuh. Auffällig ist das blau – schwarz – orange – hellgrüne Zackenmuster der Sohle. Diese Farben wiederholen sich in der Verarbeitung des Schuhs. Es ist ein sehr auffälliger Schuh. Während er ihnen ein Bild zeigte, fragte er ohne Umschweife, trägt ihr Sohn diese Schuhe? Ja, krächzte Kristof, die habe ich ihm vor den Ferien gekauft, es ist ein Auslaufmodell und war entsprechend reduziert. Mit Blick auf Johan sagte TT, du kannst dich jetzt wirklich entspannen.

Entschuldigung, bitte setzen sie sich doch, kann ich ihnen was anbieten? Ein Glas Wasser wäre gut, sagte Lisbeth, dann ist es also Gus. Ich hole Wasser, sagte Signe, noch jemand? Wie ich soeben erfahren habe, waren sie bei Ihrer Tochter in Uppsala im Krankenhaus. Es tut mir unendlich leid, was ihr angetan wurde. Er vermied es, den Namen des Jungen zu nennen. Wie schlimm, dachte er, musste es für sie sein, dort das schwer verletzte Kind liegen zu sehen, aber jetzt auch die Bestätigung zu bekommen, dass der Sohn mit an der Höhle war. Alles, was in unserer Macht steht, werden wir unternehmen, herauszufinden, was er dort am Tatort gemacht hat und ob er der Täter ist. Dazu, Lisbeth fand als erste ihre Sprache wieder, müssen wir ihn erst einmal finden. Ich habe schon seit längeren gespürt, dass er sich verändert. Aber wissen sie, mein Mann und ich arbeiten in einer Einrichtung, in der Kinder leben, die Hilfe benötigen. Wir haben die beiden Kinder zu uns geholt, als sie noch ganz klein waren. Was ist das für eine Ironie des Schicksals, das uns das passiert. Wir haben doch tatsächlich geglaubt, dass wir es schaffen werden. Dabei wussten wir aus Erfahrung, dass die Schwierigkeiten beginnen, wenn diese jungen Menschen wissen wollen, warum die leiblichen Eltern versagt haben. Das stimme nur zur Hälfte, wollte Kristof abschwächen, Corin hat das nicht getan, wurde dann aber von Gus dazu gebracht. Ich fühle mich so schuldig, sagte Lisbeth. Das dürfen sie unter keinen Umständen, sagte Tyra energisch, ihr habt den Kindern eine Chance gegeben, ein ganz normales Leben zu führen. Es gibt auch bei leiblichen Kindern eine Sinnkrise, wodurch auch immer hervorgerufen. Ich habe mir oft versucht vorzustellen, wie es wohl ist, von den leiblichen Eltern abgelehnt zu werden. Dieses

Gefühl, die wollen mich nicht. Ich konnte das nie zu Ende denken, das überstieg ganz einfach meine Vorstellungskraft. Dieser junge Mensch bestraft sein ganzes Umfeld, weil er weder seine Mutter, noch seinen Vater zur Rechenschaft ziehen kann, ging Tyra noch einen Schritt weiter. Da er ja wohl augenscheinlich in die Akte gesehen hat, als die beiden bei mir waren, hat er ja herausgefunden, wer seine Großeltern mütterlicherseits sind. . .und dass dort noch eine Halbschwester von ihm lebt. Ich kann mir vorstellen, dass diese Personen ebenfalls in seinem Rachefe. . . Plan auftauchen werden. Mit anderen Worten müssen wir umgehend die Suchmeldung stoppen, bzw. Corins zurückziehen und Gus zur Fahnung ausschreiben.

Da ist es wieder, dieses Gefühl, dachte Lisbeth, zu der Sorge um die Kinder hatte sich maßlose Enttäuschung gesellt, die Enttäuschung, dass Gus alles mit Füßen trat. Es machte sie wütend, dass er derart ihr Leben in Unordnung gebracht hatte, und das war wohl eher milde ausgedrückt. Enttäuschung und Wut, wenn sie ehrlich sein sollte und keine Angst mehr um ihn, aber Angst davor, was er noch anstellen würde. Die Worte von Tyra hatte sie aber nicht vergessen, er muss eine so tiefe Verletzung spüren, die wir nicht nachvollziehen können. Warum nur, muss alles immer so kompliziert sein. Ich schlage vor, Edvin und Signe, ihre begleitet die beiden zu den Großeltern, ich werde mich um die Fahndung kümmern. Tyra hatte die ganze Zeit auf das wilde Hemdmuster des Polizeichefs gestarrt und überlegt, wie schräg der Geschmack des Mannes wohl war, der sich traute, so etwas anzuziehen, als dieser sie fragte, ob sie nicht mitfahren wolle. Sie kennen sich doch, oder? Ja, das würde ich gerne, vielen Dank. Worauf warten wir noch, auf geht´s, wir nehmen den Dienstwagen, sagte Edvin. Die Krawatte bildete mit dem Hemd zusammen eine Einheit der vollkommenen Geschmacklosigkeit, dachte sie beim Hinausgehen. Johan, sie sind ein freier Mann, sie können gehen. Ja schon, aber wie kann ich helfen, wäre es denn sinnvoll, zu Tuva ins Reservat zu fahren, falls ihr Halbbruder auf dumme Gedanken kommen sollte. Ich traue ihm jetzt alles zu. Halte ich für keine so gute Idee, jedenfalls nicht allein, denn sollte es eskalieren mit der gestohlenen Waffe, haben wir ein Problem. Nun, entgegnete Johan, ich unterstehe der Jagd- und Naturschutzbehörde Naturvärdsverket in Stockholm, das heißt, ich darf von der Schusswaffe Gebrauch machen, wenn es die Umstände erfordern. Stimmt auch wieder, trauen sie sich das denn zu? Nun, das ist mein Beruf, meine Ausbildung umfasst auch dieses. Bislang hatte ich das Glück, dass ich davon keinen Gebrauch machen musste, denke, dass sie doch in ihrem Beruf ähnliche Situationen zu bewerkstelligen haben. Auch wieder wahr. Haben sie es denn schon per Funk versucht, Kontakt zu Tuva aufzunehmen? Nein, da ich mir nicht sicher war, ob es sinnvoll ist. Versuchen sie es, zumindest ist sie dann vorgewarnt. Ja schon, sagte Johan, aber. . . sie hat wohl mich in Verdacht, da sie mich ja auch dort am Tatort gesehen hat, wäre es da nicht besser, sie würden mit ihr sprechen. Das will ich gerne tun, geben sie mir bitte die Nummer, denn wenn sie ihre Verbindung erkennt, könnte es sein, dass sie nicht abnimmt. TT wählte die Nummer von seinem Apparat. . . eine Verbindung baute sich nicht auf. Nichts, als hätte sie es abgestellt. Johan wurde unruhig, dann fahre ich, das gefällt mir alles ganz und gar nicht. O.K. passen sie gut auf sich auf. Die beiden Männer gaben sich die Hand und Johan eilte zu seinem Wagen.

Sie hatten ihre Fahrzeuge auf dem Parkplatz am Zugang Saltoluokta abgestellt und machten sich auf den Weg. Tuva, Mina und Tilda gingen voran, Gunnar, Per, Lennart und Paul trotteten hinter ihnen her, sie machten es so wie in den vergangenen Jahren auch. Tuva blickte zum Sommercamp der Samen und konnte ihre bunte Fahne erkennen. Immer wenn sich die Gelegenheit bot, stattete sie Ukko und Magga einen Besuch ab, nur auf einen Tee und einen kleinen Schnack. Sie genoss die Ruhe und die Harmonie der Samen, sie fühlte sich bei ihnen wohl, behütet und immer willkommen. Ukko, der große Vater, konnte wunderbar erzählen und so manches Mal mit ganz einfachen Erklärungen Dinge wieder gerade rücken. Bei ihnen war das Leben so einfach, darum beneidete sie dieses Naturvolk. Sie waren immer mit sich und der Natur Eins. Wenn alle Menschen auf dieser großen weiten Welt so friedlich wie dieses kleine Völkchen wären, es gäbe keine Kriege. Denn Missgunst und Neid kannten sie nicht, diese Wörter waren ihnen fremd. Sie musste demnächst, solange sie im Sommerlager waren, wieder einmal bei ihnen vorbeischauen. Vielleicht sogar auf dem Rückweg, kam ihr der Gedanke, wäre doch auch ein interessanter Abstecher für die Lehrer.

Immer wieder musste sie an die Tage denken, als sie als Kind unzählige Male in den Ferien bei ihnen verbringen durfte. Die beiden hatten selbst keine eigenen Kinder, aber alle Kinder ihrer großen Familie waren stets bei ihnen.

Ukko zeigte ihnen das Schlachten eines Rentieres, die Verarbeitung bis auf den letzten Knochen, sowie das Gerben der Felle. Kleine Werkzeuge wurden aus den Knochen gefertigt. Magga übernahm die weitere Verarbeitung der Felle zu Kleidungsstücken, Decken und Schuhen. Das waren richtige Abenteuerferien gewesen. Tuva, du bist sehr still, ist etwas nicht in Ordnung, sprach es Tilda aus. Doch alles bestens, ich habe mir nur gerade überlegt, dass wir den Samen dort drüben, seht ihr die Goahtis und die bunte Flagge, einen kleinen Besuch abstatten können, wenn wir auf dem Rückweg sind. Was haltet ihr davon? Keine schlechte Idee sagte Mina, aber warum nicht gleich, bietet sich doch an oder? Wenn wir uns auf eine Stunde beschränken bei ihnen , dann schaffen wir es, gegen Abend unsere Unterkunft Stora Sjöfallet zu erreichen. Hallo, Erde an Angler, die vier hatten mit ihren Spinnruten schon auf dem Weg vom Auto die dicksten Hechte gefangen, die die Menschheit je zu Gesicht bekommen hatte und von dem Vorschlag nichts mitbekommen. Was gibt´s denn, fragte Paul. Wir wollen den Samen da drüben einen kleinen Besuch abstatten. Kein Problem, oder was meint ihr? Nö, kein Problem, haben die einen leckeren Schnaps? Also, nicht das, was du unter Schnaps verstehst, ihr müsst es einfach probieren, befreit von Halunkis. Was ist Halunkis, wollte Lennart wissen. Das sind Halluzinationen und diese befallen ausschließlich Angler. Ja und, bohrte er weiter. . . Du willst jetzt wissen, wie dieses Getränk heißt, Juobmo. Das ist jetzt aber nicht so eine vergorene Rentiermilchgeschichte? Genau diese, aber verfeinert mit Sauerampfer und Zucker. Köstlich und nicht zu unterschätzen, ich warne euch. Entspannt euch, ihr habt Urlaub und im Urlaub macht man verrückte Sachen. O.K. wir sind dabei.

Wusstet ihr eigentlich, dass die Samen jetzt die sechste Jahreszeit feiern, lenkte Tuva ab.

Wieso sechste und wieso feiern? Fragte Mina. Winter, Spätwinter, Frühling, Frühsommer, Sommer, Spätsommer die sechste haben wir jetzt, Herbst und Frühwinter. Acht insgesamt. Ja und sie feiern ihre eigenen Feste in und zusammen mit der Natur. Sie betrachten in ihrer Religion die gesamte Erde als Muttergöttin und verehren ihr Habitat, in dem sie leben, als einen Teil der Muttergöttin eben. Dann werden wir gleich bei einem Glas, wie heißt der, Jumbo? Juobmo, also bei diesem, mal ein Wörtchen mit der Muttergöttin plaudern, damit wir unsere Angeln nicht umsonst geschleppt haben. Ihr werdet euch anständig und respektvoll benehmen, sonst gibt es Ärger. War´n Scherz Tuva, war´n Scherz.

Magga und Ukko kamen aus dem Zelt und wollten gerade mit einigen anderen aus ihrem Dorf die Rentiere zusammentreiben und ins Gehege holen. Als sie Tuva und ihr Gefolge sahen, brachen sie in Freudenrufe aus. Seht ihr, sagte Tuva, das meine ich, benehmt euch. Hallo mein liebes Kind, rief Magga, wie schön dich zu sehen, du hast Freunde mitgebracht, kommt doch herein. Die Begrüßung war so herzlich und aufrichtig und die Gäste wurden in ihr Heim gebeten. Setzt euch doch, Magga hat frischen Juobmo zubereitet, allerdings müssen wir gleich unsere Tiere ins Gatter holen. Alle setzten sich im Halbkreis auf die dicken Rentierfellkissen, die ordentlich auf dem Boden abgelegt waren. Ukko verteilte die Becher, die Magga mit Juobmo gefüllt hatte. Seid glücklich sagte er, mit diesen Worten führte er seinen Becher zum Mund, die anderen taten es ihm nach. Es schmeckte erstaunlich besser, als es aussah, ein wenig nach Kräuterkefir, bemerkte Mina und leckte sich die Lippen. Wohin wollt ihr, fragte Magga, zum Saltoluokta See, sagte Per, wir wollen unsere neuen Spinnruten ausprobieren. Wir Frauen unternehmen eine Bibersafari . Ukko fing Tuvas Blick auf, kannst du bitte kurz mit hinauskommen, ich möchte dir etwas zeigen. Ja, natürlich, ich komme. Lass uns ein paar Schritte gehen, sieh mal, das Laub fängt an, sich zu verfärben. Ich weiß, das Farbenspiel der sechsten Jahreszeit, wunderschön. Alle Welt redet immer vom Indian Summer sagte Tuva, der ist doch gar nichts, gegen Sweden Summer. Du hast es nicht vergessen, meine Liebe. Wie könnte ich das vergessen, was ihr mir beigebracht habt. Ich habe alles aufgesogen wie ein Schwamm und kann es bei allen meinen Touren da oben, sie zeigte auf ihren Kopf, abrufen. Ihr drei, du, Magga und mein Großvater habt die Weichen für meine Arbeit in und mit der Natur gestellt. Das ist eine besondere Freude, dass du Magga und mich zusammen mit deinem Großvater als deine Wegbereiter siehst. Das ist eine ganz besondere Ehre für uns. Wir haben uns immer Kinder gewünscht, das weißt du. Wir haben uns immer vorgestellt, wie schön es gewesen wäre, eine Tochter wie dich zu haben. Er schwieg und schaute in den Himmel, unsere kleine Okka kam auf diese schöne Welt und verließ sie gleich darauf wieder. Wir haben jede Sekunde mit ihr genossen, denn sie hatte nur einen Atemhauch mit uns zusammen, wir spürten es. Ein eigenes Kind in den Armen halten zu dürfen, ist das größte Geschenk auf dieser Erde. Tuva hatte Tränen in den Augen und umarmte Ukko. Es erfüllt uns mit tiefer Dankbarkeit, dass sich unsere Wege gekreuzt haben. Deswegen mein Kind, fühle ich mich auch verpflichtet. Wie meinst du das, fragte Tuva. Johan war heute bei uns. Dabei beließ er es für einen Moment. Tuva traute ihren Ohren nicht, weißt du, was ich gerade verstanden habe, Johan war heute bei dir. Dann hast du Ohren wie ein Luchs mein Kind. Wollte er sich bei euch verstecken? Verstecken, wieso sollte er sich bei uns verstecken wollen? Tuva erzählte Ukko, was sie beobachtet hatte. Genau das hat er mir auch erzählt und Tuva…, ich glaube ihm. Er hat mich um Rat gefragt, was er machen soll, obwohl er es eigentlich schon wusste. Was wusste, ich versteh nicht, was willst du mir sagen? Nun, er hat mit der ganzen üblen Geschichte nicht das Geringste zu tun. Er hat das Mädchen lediglich gefunden und das hast du gesehen, ein unglücklicher Zufall. Ich habe ihm geraten, wieder zur Polizei zu gehen. Was heißt denn wieder? Ja, er war schon auf der Polizeistation, ist dann aber geflohen, weil er es mit der Angst bekam. Er macht sich große Sorgen um dich, weil er im Helikopter über Funk mitbekommen hat, dass sehr wahrscheinlich der Bruder in Verdacht geraten ist.

Oh mein Gott, Ukko, wenn das wahr ist, dann läuft dieser Bruder ja noch frei herum und ich dachte Johan. . . Ja, er hat sogar Verständnis, was solltest du auch denken, als du ihn vor der Höhle gesehen hast. Du hast doch dein Funkgerät dabei, ruf ihn an und sprich mit ihm. Tuva griff in ihre Beintasche. Der Schuh, der pink karierte Turnschuh des Mädchens, sie holte ihn heraus. Mein Funkgerät ist nicht da. Hast du es verloren? Nein, der Akku war leer. Ich hatte das Funkgerät nach diesem Vorfall im Muddus vergessen auszustellen. Opa sollte den Akku aufladen und ich habe vergessen, es dann wieder einzustecken, so ein Mist, Mist, Mist. Deine Gäste haben doch sicher eins von diesen neumodischen Telefonen, er nickte in Richtung Zelt. In diesem Moment kamen alle heraus und Magga erinnerte ihren Mann an die Tiere. Die nützen uns hier nichts, hier sind kaum Verbindungen möglich, da ist das Funktelefon robuster. Meine Liebe, so leid es mir tut, aber unsere Tiere warten, bitte kommt doch auf dem Rückweg wieder vorbei und dann etwas eher, wir würden uns freuen. Tuva umarmte beide und bedankte sich noch einmal bei Ukko, dass er ihr von Johan erzählt hatte. Was habt ihr beide denn für ein Geheimnis wollte Tilda wissen. Kannst du schweigen antwortete sie mit einer Gegenfrage, ja klar, sagte Tilda und blickte sie mit großen Augen an, ich auch, sagte Tuva. Als sie das Gelände verließen, bestätigten sie genau das, was Tuva ihnen eingangs versucht hatte, zu erklären. Diese außergewöhnliche Stimmung, diese besondere Atmosphäre, mystisch. Ich hätte richtig Lust, sagte Tilda, hier mal eine Zeit zu verbringen, mit diesen wunderbaren Menschen zu leben. Du brauchst sie nur zu fragen und sie werden dich aufnehmen in ihrer Welt und du wirst deine Welt dann mit ganz anderen Augen sehen, das verspreche ich dir und jetzt. Ihr werdet es mir nicht glauben, aber ich merke, dass in dem Jumbo, oder wie der heißt, Alkohol drin ist. Hab ich ja versprochen, grinste Tuva. Ich finde, sagte Mina, das ist doch der ideale Einstieg in unseren Urlaub, findet ihr nicht? Die Männer und Tilda stimmten ihr zu. Tuva war etwas besorgt wegen des Funkgerätes, sagte es aber nichts zu den anderen. Habt ihr eigentlich Handys dabei? Ja, wieso fragten die Frauen, die Männer verneinten. Nee, beim Angeln brauchen wir keine Anrufe oder whatsapps. Mich würde nur mal interessieren, wo hier die Funklöcher sind, ich werde das immer wieder von Gästen gefragt, müsste mal ein paar Stichproben machen. Tuva fand, sie habe eigentlich gut die Kurve gekriegt, denn Tilda bot ihr ihres an mit der Bitte, es nicht zu oft zu probieren, da sie ja den Akku unterwegs nicht aufladen könne. Es fragte tatsächlich keiner, ob sie keines habe. Was hast du denn da für einen Turnschuh in der Hand, wollte Tilda wissen. Den hab ich gestern im Wald gefunden. Der zweite war nirgends zu sehen. Komisch, wieso verliert jemand einen Schuh im Wald? Na ja, vielleicht hatte dieses Mädchen das Paar am Rucksack baumeln und hat es gar nicht bemerkt, dass sich einer selbständig gemacht hat.

Kapitel 16.

Der Weg vom Camp am Rande Malmbergets nach Gällivare betrug ca. 25 Kilometer. Wir werden dort gleich zusammen rein marschieren, befahl Gus, ich bin ein Student, der dich gefahren hat, weil du deinen Fuß verstaucht hast, kapiert? Du fängst keine Spielchen an, verstanden? Du machst einen großen Fehler, mein Junge, noch können wir umkehren, es ist noch nichts passiert. Schwamm drüber, ich werde das alles vergessen. Du vielleicht, ich aber nicht, ich vergesse nichts und nun halt an, Fahrerwechsel. Ich lass dich nicht ans Steuer, du hast keinen Führerschein, du hast gesagt, du bist erst 16 Jahre alt. Bist du nur dämlich Opa, in unseren wunderschönen Schweden dürfen wir mit 16 den Führerschein machen, bekommen ihn aber mit 18 Jahren erst ausgehändigt. Sag.. . . lass mich ausreden du saublöder Opa, ich bin noch nicht fertig, für diese Zeit habe ich eine Fahrerlaubnis in Begleitung eines erwachsenen Fahrers. Er wedelte diesen Schein so dicht vor Stian Gesicht, dass dieser weder die Fahrbahn noch die Erlaubnis erkennen konnte. Hör auf mit dem Blödsinn, ich kann nichts sehen. Gus grinste, hörte aber nicht auf. Ich habe gesagt, du sollst anhalten, es wird gemacht, was ich sage, begreif es doch endlich. Stian gab auf, fuhr an den rechten Straßenrand, legte seine Unterarme auf das Lenkrad und beugte seinen Oberkörper so weit vor, dass sein Gesicht seine Handrücken berührte. Steig endlich aus, worauf wartest du noch, dass ein paar Trolle kommen und dir helfen? Stian stieg schwerfällig aus und ging um das Auto herum zum Beifahrersitz, Gus tat das Gleiche in die andere Richtung. Beide setzten sich und schnallten sich an. Da der Motor noch lief, schaltete Gus vom Lehrlauf in den ersten Gang, löste die Handbremse und trat das Gaspedal bis zum Anschlag durch. Das Aufheulen der Reifen vereinigte sich mit einem irren Pfeifton, dieses zusammen mit dem röhrenden Motor ergab ein so unheimliches Geräusch, als wollte Gus senkrecht abheben. Ein Riesenstaubwolke vom Schotter auf dem Randstreifen setzte sich in Bewegung und vernebelt die Fahrbahn wie bei einem Sandsturm. Du solltest blinken und in den Rückspiegel. . . . Stian Worte gingen in diesem Höllenlärm fast unter. Motorrad. . . .

Halt deine verschissene Fresse, ich weiß was ich. . . quietschende Bremsen und ein lauter Aufprall waren zu hören. Teile flogen durch die Luft. Du verdammter Idiot, schrie Stian, hast du das Motorrad nicht gesehen? Halt endlich an. Eine widerlich grinsende Fratze sah Stian an, ich halte nirgends an, wir haben ihn nicht berührt, n i c h t berührt, was willst du?

Ihm helfen, du Nichtsnutz, der ist wegen uns ausgewichen und sicherlich schwer verletzt.

Du hättest blinken und in den Spiegel sehen müssen, du sollst anhalten, habe ich gesagt, Stian fing an, ihm ins Lenkrad zu greifen. Gus hatte seine Pistole so schnell in der linken Hand und hielt sie auf seinen Beifahrer. Du hast jetzt mal Sendepause, du machst, was ich will, verstanden. Stian sah in seinen Seitenspiegel und erkannte Rauch. Wenn der stirbt, sind wir schuld. Die können uns gar nichts, nichts das Geringste, wir hatten doch keine Feindberührung, oder hast du was gemerkt? Darum geht es doch wohl jetzt nichts, du hast den Unfall verursacht, wir hätten erste Hilfe leisten müssen und den Rettungswagen alarmieren. Was bist du für ein Mensch? Ja, das frage ich mich auch immer wieder, wer ich bin. Jetzt haben wir ein Problem. Wir nicht, aber du, kannst du beweisen, dass ich gefahren bin oder jemand sonst? Nee, mein lieber, kannst du nicht. Spürst du nichts hier drinnen, Stian drückte seine geballte Faust auf seinen Brustkorb, hast du kein Mitleid mit dem armen Kerl, der hat uns nichts getan. Ende der Diskussion, habe jetzt keinen Bock mehr, kümmert mich einen Scheißdreck, hätte ja auch aufpassen können. Kein Fahrzeug auf der Landstraße, die Hoffnung schwand, dass ein weiterer Autofahrer vielleicht Hilfe holen würde, nur ein Riesenmähdrescher kam ihnen entgegen. Ok, das eben war außerplanmäßig, jetzt gehen wir mal zur Tagesordnung über, zu dem was wir eigentlich vorhaben. Du bist ein Kotzbrocken, hat man dir das schon mal gesagt? Stian verlor so langsam seine Selbstkontrolle, er musste sich sehr beherrschen, ihn nicht während der Fahrt anzugreifen. Man hat es mir nicht direkt ins Gesicht gesagt, wie du es jetzt getan hast, aber spüren lassen. Kennst du so ein Gefühl? Tut mir leid, dass ich dich enttäuschen muss, so was kenn ich nicht. Du bist trotzdem ein Arschloch, das sag ich dir aus vollem Herzen. Warum, was habe ich dir getan? Du bist gestern in unser Camp gekommen, vorher habe ich dich noch nie gesehen, heute schüttest du deinen ganzen Frust, deinen Hass auf Menschen aus, die dir nichts getan haben, die dich nicht einmal kennen. Gus antwortete nicht. Also, wie gesagt, wir sind gleich da und betreten zusammen die Bank, hast du mich verstanden? Stian antwortete nicht. Sag es, ich habe es verstanden, ich will es laut und deutlich hören. Stian wollte ihn eigentlich nicht mehr ansehen, tat es aber doch. Dieses hämisch grinsende Fratzengesicht hatte Gefallen daran gefunden, ihn zu erniedrigen und er nickte mit dem Kopf. Ohne Vorwarnung haute Gus ihm den Lauf der noch entsicherten Smith & Wesson in den Oberschenkel. Stian schrie, was soll das, du Bestie. Haben wir dich irgendwann einmal bei uns als Schüler im Camp gehabt und falsch behandelt. Was spielst du für ein Spiel? Wieder sagte Gus nichts. Das Bein tat höllisch weh und Stian rieb mit beiden Händen die Stelle. Passt doch, dann nimmt man dir das Humpeln gleich auch ab, wenn wir die Bank betreten. Vor der SE-Bank gab es fünf Parkplätze für Kunden, Gus Parkmanöver rückwärts gelang auf Anhieb. Stians Hoffnung, alle mögen besetzt sein, ging nicht auf. Der erste wurde gerade freigemacht. Stian ging vorweg und humpelte tatsächlich, das Bein schmerzte. Im Auto hatte er das Gefühl gehabt, etwas Warmes liefe seinen Unterschenkel hinunter. Ein Blick in den Fußraum bestätigte, dass es tatsächlich Blut war. Eine Handvoll Kunden befanden sich in der Schalterhalle. Drei an den Kundenschaltern, einer am Auszugsdrucker und ein Geschäftsmann stand mit seinem Kleingeld an der Zählmaschine. Die Zeit vom späten Vormittag war günstig, da hatten viele ihre Geschäfte erledigt.

Der Filialleiter kam aus seinem Büro, Stian traute seinen Augen nicht, Lars, der Sohn seines Jagdfreundes Petter kam direkt auf ihn zu und begrüßte ihn. Mensch, Stian, dich habe ich ja eine Ewigkeit nicht gesehen, ist was mit Mette? Du meinst, weil sie sonst unsere Geschäfte in der Bank erledigt? Nein, es geht ihr gut, Vorbereitungen für die nächste Elchjagd, Bettenwechsel, du weißt. Lars sah Stian an, dann seinen Begleiter. Er hatte selbst gerade seinen Jagdschein gemacht und wusste sehr genau, dass die Elchjagd vom 1. Montag im September bis Ende den selbigen Monat erlaubt war, nicht im August. Kein Jäger würde es wagen, gegen dieses Jagdrecht zu verstoßen. Stian hat viele Jahre die Ausbildung der Jungjäger begleitet, Lars Interesse war geweckt, hier stimmte etwas nicht. Was kann ich für euch tun? Er bemühte sich, auch den jungen Mann freundlich anzusehen und in das Gespräch mit einzubeziehen. Tuva benötigt ein neues Auto, ihres hat den Geist aufgeben. Oscar ist zur Zeit bei uns und war so freundlich, mich zu fahren, ich habe mich am Bein verletzt. Lautes Sirenengeheul war zu hören, ein Rettungswagen fuhr an der Bankfiliale vorbei zum Ortsausgang. Wahrscheinlich hat es wieder einen Raser erwischt, meine Gus zynisch. Die beiden Männer sagten nichts. Um wie viel

Geld handelt es sich Stian? Lars, ich brauche 200.000 Kronen, es ist ein ganz neuer Volvo, du weißt, es muss ein zuverlässiges Auto sein, soviel wie sie unterwegs ist. Das ist eine schöne Stange Geld meiner Lieber, habt ihr euch überlegt, von welchem Konto wir es nehmen sollen? Stian legte ihm eine Kontokarte hin und Lars gab die Konto - Nr. in seinen PC ein. Er blickte über seine kleine Nickelbrille u Stian, mmh, ich glaube, das ist die falsche, da ist nicht genug Geld drauf. Stian hatte es bewusst gemacht, in der Hoffnung, das ganze Prozedere in die Länge zu ziehen. Sein ungebetener Gast sollte kalte Füße bekommen. Hatte auch funktioniert, denn der fing mit eben diesen an zu scharren. Stian, hast du noch andere Karten mit, dieses Konto kann es nicht sein. Nein, dann habe ich wohl die falsche eingesteckt. Gus musste sich sehr beherrschen, hatte seine rechte Hand in der Jackentasche an der Pistole. Es ist das Konto, was auf unser beider Namen läuft Lars, ist es ein Problem, wenn ich die Karte nicht dabei habe? Nein, oder warte….. doch es gibt ein Problem, es ist ein Gemeinschaftskonto, läuft auf euer beider Namen und ihr dürft nur zusammen verfügen. Mit anderen Worten, Mette hätte doch mitkommen sollen. Gus hatte jetzt genug, das können wir doch wohl telefonisch regeln, oder? Der laute pampige Ton ließ sogar die anderen Mitarbeiter aufhorchen. Wir können gar nichts telefonisch regeln, wir können unsere Vorschriften beachten. Haben w i r uns verstanden?

Stian, warum willst du das Geld denn bar mitnehmen, eine Überweisung ist doch viel sicherer. Wer trägt denn heute noch soviel Bargeld mit sich herum. So, mein Freund, es reicht jetzt, wir gehen jetzt alle drei schön langsam und unauffällig in dein stinkiges Kabuff und du holst die 200.000 Kronen aus deiner Kasse, ansonsten kannst du den alten Opa hier vom Bestatter abholen lassen. Haben w i r uns jetzt verstanden? Ich habe eine Knarre dabei, damit keine Missverständnisse aufkommen. Es stimmt, sagte Stian, er hat Tuvas Smith & Wesson gestohlen, sie befindet sich in seiner Jackentasche.

Unser Tresor hat eine Sicherung, verbunden mit einer Zeitsperre, das heißt, frühestens 20 Minuten nach Eingabe des Sicherheitscodes kommen wir an das Geld. Du kannst dein Magazin verballern, deswegen geht es nicht schneller. Gus überlegte kurz, nein, so nicht, nicht mit mir. Wie denn, sag es uns, forderte Lars ihn auf.

Gus fing an zu schwitzen, wie viel Geld hat Blondi denn dort in der Kasse in den Fächern? Mhm, ungefähr die Hälfte. Er brauchte einen Moment, nehme ich. Du bringst mir das Geld in einer Tüte, verstanden? Wenn einer von euch den Alarm auslöst, kannst du den Bestatter anrufen, das ist mein voller Ernst. Ihr könnt es ja nachträglich von seinem Konto abbuchen. Lars beeilte sich und kam schnell mit dem Geld zurück. An der Kasse standen ein paar ältere Kunden, die mit dem Automaten nichts zu tun haben und lieber bedient werden wollten. Diese wurden gebeten, einen Augenblick Platz zu nehmen mit der Begründung, der Geldtransport sei unterwegs. Ihr werdet nichts unternehmen, gar nichts. Ach ja, Opa , deine Enkeltochter ist jetzt im Muddus unterwegs, ich habe sie in der Vergangenheit oft dabei beobachtet, ich kenn mich da jetzt auch aus. Den genauen Plan dieser Tour habe ich mir gemerkt, glaube mir. Es wäre doch schade, wenn einem deiner Enkelkinder etwas zustoßen würde, dazu noch deiner Lieblingsenkeltochter. Wie meint er das denn, wollte Lars wissen? Ich weiß es nicht, dieser Junge ist ein Teufel. Als er gerade Lars von dem Unfall auf der Straße erzählen wollte, war aus dem Schalterraum Geschrei zu hören und dann ein Schuss. Lars sprang auf, Stian so gut es ging.

Der Geldtransporter war gekommen, just in dem Moment, als Gus aus dem Büro ging. Er sah seine Chance, als er auf Höhe der beiden Security Männer war. Mit der einen Hand riss er dem verdatterten Mann den Geldkoffer weg. Der zweite zog seine Waffe. Gus hatte seine bereits in der Hand und schoss zuerst. Der Mann fiel zu Boden. Gus rannte zum Auto sprang hinein. Rückwärts eingeparkt und den Schlüssel stecken lassen, gutes Timing dachte er und schmiss den Aluminiumkoffer in den Fußraum des Beifahrersitzes. Lars behielt die Nerven und rief zuerst den Rettungsdienst, dann die Polizei.

Der Fahrer des Geldtransporters hatte Gott sei Dank nur einen glatten Durchschuss am linken Oberschenkel erlitten und war nicht in Lebensgefahr. Lars als ausgebildeter Rettungssanitäter hatte die Verletzung versorgt, und die Arterie in der Leiste abgebunden. Der zweite Mann, dem Gus die Geldtasche entrissen hatte, war zwar nicht verletzt, stand aber unter Schock, was seine Gesichtsfarbe und der Schüttelfrost erahnen ließen. Er wiederholte immer wieder, ich habe die Kette nicht befestigt, die Kette war nicht angeschlossen, warum habe ich die Kette nicht. . . Der Durchschuss schrie ihn jetzt an, halt jetzt deine Klappe, sei froh, dass wir alle noch am Leben sind, ich scheiß auf die verschissene Kette. Ich schließe die Kette immer an, immer, das müssen sie mir glauben. Es dauerte nicht lange und erneutes Sirenengeheul war zu hören, nur mit dem Unterschied, dass die Bank nun der Einsatzort war. Die Polizei hatte es nicht weit.

Stian, die Elchjagd, die jetzt am Wochenende bei euch stattfinden soll, hat mich ins Grübeln gebracht. Dachte schon, du bist unter die Wilderer gegangen. Ja, ich war mir ziemlich sicher, dass die Schonzeiten in seinem Plan nicht vorkommen würden. Was will dieser Kerl, warum ist er zu euch gekommen? Wenn ich das wüsste, Lars. Die Kunden in der Bank hatten sich auffallend schnell beruhigt und fanden es augenscheinlich rechts amüsant, so etwas erlebt zu haben, zumal die Gefahr ja vorbei war.

Thore stand neben den Sanitätern und dem Notarzt und versuchte die ersten Fragen zu stellen, während die beiden Männer in den Rettungswagen verbracht wurden. Der Notarzt entschied, den Schockpatienten ebenfalls mitzunehmen mit den Worten, bitte kommen sie später in die Klinik, dann werden sie sie vernehmen können, Lebensgefahr besteht offensichtlich nicht. Nachdem TT Stian und Lars

begrüßt hatte, erhielt er von den Männern ab-
wechseln eine Beschreibung dessen, was sich
zugetragen hatte, einschließlich des Unfalls
auf der Straße. Der Motorradfahrer hatte
Glück im Unglück, wenn ich es so sagen darf.
Beide Beine sind gebrochen, aber bei der
Schwere des Unfalls, hätte er tot sein können.
Das Motorrad ist nicht mehr als Solches zu erkennen. Stian fiel ein Stein vom Herzen, denn
trotz Oscars widerwärtigem Auftritt, musste er
die ganze Zeit an den Motorradfahrer denken,
den sie hilflos sich selbst überlassen hatten.
Wir haben zwei Kollegen zu ihrer Frau geschickt Stian, sagte TT, sie werden gleich hier
sein

Kapitel 17.

Edvin, Signe und Tyra saßen mit Mette draußen auf der Terrasse. Mette hatte ihnen die Geschichte mit Oscar erzählt, nichts ausgelassen,
nicht einmal ihre Ahnung, es könne ihr Enkel
sein. Aber sie sagen, er heißt gar nicht Oscar,
sondern Gus. Wie geht es dem Mädchen? Sie
wollte so viel fragen. Vielleicht wollten sie zur
Bank, wozu sollte er Stian denn sonst mitnehmen? Wo haben sie ihren Konten Mette?
Bei der SEBank in Gällivare. Wir werden
gleich einmal nachfragen, ob die beiden dort
aufgetaucht sind. Edvin wollte gerade mit seinem Smartphone die Nummer raus suchen, als
es klingelte. Thore, was gibt es? Er hörte zu,
unterbrach ihn nicht, schloss mit den Worten,
wir sind schon unterwegs. Gus ist tatsächlich
mit Stian dort aufgetaucht und wollte 200.000
Kronen haben. Stian gab vor, für Tuva ein
neues Auto kaufen zu müssen und Gus alias
Oscar würde hier im Camp arbeiten. Er hätte
ihn fahren müssen, da Stian am Bein verletzt
sei. Mette hielt sich die Hand vor den Mund
und war fassungslos. Ich kann das alles gar
nicht glauben, wo ist denn der Junge jetzt,
konnte man ihn festnehmen? Leider nicht sagte Edvin, er ist mit dem Geld der Bank, dem

Geld des Transportunternehmens und ihrem Wagen geflohen. Ich glaube, mir wird schlecht, sagte Mette, bitte entschuldigen sie mich einen Moment. Edvin hatte den Unfall mit dem Motorradfahrer ausgelassen, um Mette nicht noch mehr zu beunruhigen. Wir fahren jetzt mit Mette zu ihrem Mann in die Bank, dann sehen wir weiter. Thore hat die Fahnung eingeleitet. Wir sind erst einmal froh, dass keiner lebensgefährlich verletzt wurde. Bis jetzt, sagte Signe, hoffentlich ist der Junge nicht auf den Geschmack gekommen, das war doch ein erfolgreicher Einstieg in diesen doch sehr lukrativen Erwerbszweig. Mal den Teufel nicht an die Wand, sagte Edvin. Meine Sorge geht aber in die ganz andere Richtung, nämlich zu seiner Halbschwester. So dumm kann er doch nicht sein, dass er bei ihr aufkreuzt, bei ihr ist doch nichts zu holen. Nein, das nicht, aber aus allem, was ich bislang über ihn gehört habe, erkenne ich doch krankhaftes Verhalten. Wie kaltblütig muss ein Mensch sein, einen Unfall verursachen und sich nicht um das Opfer kümmern. Ihr lief ein kalter Schauer über den Rücken, dass sie sich schütteln musste. So wie es aussieht, hat er seine Halbschwester misshandelt und in einer Höhle versteckt. Kein normaler Mensch tut so etwas. Ich bin während meiner Dienstzeit vielen kranken Kreaturen begegnet, aber das übersteigt alles. Mette kam zurück. Geht es wieder, wollte Signe wissen. Nun, wenn ich ehrlich bin, es ging mir schon besser. Wir haben Thore zugesagt, dass wir mit Ihnen in die Bank kommen werden, ist das in Ordnung für sie? Ja, natürlich, ich will zu meinem Mann, bitte. Schon hielt vor dem flatternden rotweißen Absperrband ein Polizeiwagen und Mette lief so schnell es nur ging in die Bank. Stian humpelte ihr entgegen, beide umarmten sich. Oh mein lieber Stian, was hat er dir angetan, bist du verletzt? Er ging gar nicht darauf ein, blickte nur zu seinem Hosenbein hinunter. Der blutdurchtränkte Stoff zeigte jetzt deutlich seine Verletzung. Da TT dieses jetzt auch erst sah, bat er Signe, Stian ebenfalls in die Klinik nach Gällivare zu fahren, der Rettungswagen mit dem Notarzt war schon auf dem Weg.

Kapitel 18.

Gus war wie ein Irrer die Hauptstraße zum Ortsausgang gerast. Von hier war es nicht mehr weit zum Salto Luokta, er hatte sich den Weg eingeprägt. Rechnete aber damit, dass die Fahnung lief und die Polizei jederzeit auftauchen würde. Noch war nichts zu sehen oder zu hören. Er musste es schaffen, er musste den Waldrand erreichen, den Wagen abstellen und er hätte gewonnen. Dort standen Tuvas Wagen und eine weitere Karre aus Stockholm, dann sind sie also hier, perfekt. Du bekommst auch noch deinen Teil, den zu verdienst. Hast all die Jahre schön in dem Nest unserer Großeltern gelebt, dafür wirst du bezahlen, verspreche ich dir. Das er immer noch keine Sirene hörte oder ein Polizeiauto sah, war wohl dem Einsatz in der Bank und dem Motorradunfall zu verdanken. Sein Timing war spitze. Vielleicht dachten sie auch, dass er Richtung Stadt unterwegs sei, um im Getümmel unterzutauchen. Er verließ den Hauptweg, der war zu gefährlich, also blieb nur das unwegsame und beschwerliche Unterholz mit dem alles überwuchernden Gestrüpp, was anscheinend nur aus Dornen bestand. Er musste zum bewirtschafteten Camp Stora Sjöfallet, um diese blöde Schmarotzerkuh zu finden. Das Funkgerät konnte sie nicht dabei haben, dafür hatte er gesorgt. Handys waren in dieser Wildnis unbrauchbar. Alle würden auf sein Kommando hören, diese Vorstellung war einfach nur geil. Zuerst musste er den Geldkoffer und die Plastiktüte so deponieren, dass er sie wieder fand, aber andere keinen Zufallsfund landeten. Ein paar Scheine hatte er sich aus der Tüte genommen und in seinen Brustbeutel gesteckt. Der Koffer brauchte etwas mehr Gewalt, das Zahlenschloss war so nicht zu knacken, das hatte keine Eile. Nach ungefähr zwei Kilometern sah er einen Steinhaufen, vollkommen mit Moos und Flechten bewachsen. Steine, die man bewegen kann, waren seine Gedanken. Tatsächlich konnte er den unteren so zu packen kriegen, dass er ihn mit seiner ganzen Kraft wegziehen konnte. Der etwas flachere darüber rutschte über das feuchte Moos und landete auf seinem Fuß. Ein höllischer Schmerz durchfuhr sein Bein und gelangte in Sekundenschnelle in seinen ganzen Körper. Scheiße, Scheiße, verdammte Drecksscheiße. Der Stein war so schwer und blieb auf seinem Fuß liegen, sodass Gus Mühe hatte, seinen Fuß zu befreien. Er musste die Sachen loswerden, jetzt, der Fuß musste warten. Es war gerade so viel Platz, dass er beide Behältnisse hineinlegen konnte.

Er brauchte mehrere Anläufe, diesen Stein wieder obendrauf zu heben. Da das Moos auf der Oberfläche abgeschabt war, nahm er vom Waldboden einige Moosfladen und drapierte diese zusammen mit Ästen und vermoderten Holzstücken darauf und in die Zwischenräume. Dann entfernte er sich ein paar Meter, um seinen Fuß zu begutachten. Er fand einen alten Baumstumpf, auf dem er sich niederließ. Der Fuß tat so weh, dass er kaum seinen Sportschuh ausziehen konnte. Er musste die Schnürsenkel so weit auseinanderziehen, um den Schuh abzustreifen. Der Spann rot und angeschwollen, eine Riesenprellung. Gus bemühte sich, den Schuh so schnell wie möglich wieder anzuziehen, bevor er gar nicht mehr hinein kam. Das Schnürband musste er offen lassen, da er es über der Schwellung nicht wieder zusammen binden konnte. Seine gute Laune hatte ebenfalls eine Riesenschramme abbekommen aus der sich Zorn und blinder Hass ihren Weg an die Oberfläche bahnten. Gus kannte dieses Gefühl, es machte ihn stark. Er spürte Macht, sie beflügelte ihn wie eine Droge und er genoss es, dann in den Augen der anderen Angst zu sehen. Manchmal genügte schon eine Kleinigkeit, um auszurasten. Am allerbesten funktionierte es mit Corin, nur in letzter Zeit nicht mehr so, deshalb musste sie bestraft werden. Sie fing an, sich gegen ihn aufzulehnen, Widerworte zu geben, das konnte er nicht durchgehen lassen. Nun hatte sie ja genug Zeit, darüber nachzudenken, wie böse sie war. Wenn er mit der anderen blöden Fotze abgerechnet hatte, würde er nach Corin sehen. Dann müsste sie es begriffen haben, dass man so nicht mit ihm umging. So schon gar nicht. Der geschwollene Fuß hinderte Gus daran, so zu laufen, wie er es eingeplant hatte. Daran bis du Schuld, sagte er, du allein, dass ich jetzt hier in dieser verschissenen Einöde rumkrieche. Ich hatte alles anders geplant, nun muss ich hier hinter dir her laufen, mein Fuß quetschen, dafür bekommst du eine Extrabehandlung, du hast meine ganze Planung sabotiert.

Gus läuft hinter niemandem her, hast du mich verstanden, hast du mich v e r s t a n d e n??

Seine Wut und seine Schmerzen hatten ihn blind und rasend gemacht, war er noch in der richtigen Richtung?? Gus war außer sich, die Schmerzen wurden unerträglich, er musste sich ausruhen. Runterfahren, seine Kontrolle wieder haben. Er konnte kaum noch denken, die Schmerzen setzten etwas außer Kraft. Wut und Schmerz lieferten sich einen unerbittlichen Kampf. Der Schmerz, dieser andere Schmerz züngelte nun in seinem Hinterkopf.

Diese kleine züngelnde Flamme bekam Nahrung, immer mehr, immer mehr, dann war diese Flamme groß genug, um im Kopf ein Feuerwerk zu veranstalten. Er ließ sich einfach auf den Waldboden fallen und rollte sich in seiner Embryostellung zusammen, die Arme um seinen Oberkörper geschlungen. Trost suchend. Er hörte leises Raunen. Seine Freunde waren da, sie standen um ihn herum, breiteten schützend ihre großen Arme aus und flüsterten ihm zu, ruhig, sei ganz ruhig, alles wird gut. Das Wispern wurde immer weitergetragen, von Freund zu Freund, immer weiter. Er atmete ruhig, alle seine Freunde waren da, bei ihm, er beruhigte sich.

Gus schlief ein, traumlos. Er war bei seinen Freunden, alles wird, alles wird gut.

Kapitel 19.

Lisbeth und Kristof hatten den langersehnten Anruf aus der Universitätsklinik in Uppsala bekommen, als sie nach dem Abendessen noch auf der Terrasse saßen. Dr. Sjöve hatte entschieden, dass er morgen, am Freitag, ihre Tochter aus dem künstlichen Koma zurückholen wolle. Alle Werte sind so, dass wir es wagen wollen, ihre Tochter wieder zu uns ins Leben zu holen. Lisbeth hatte den Anruf entgegengenommen und stieß einen Schrei der Erleichterung aus. Das ist ja wundervoll, was denken sie, haben wir Zeit genug, um rechtzeitig dabei zu sein? Ja selbstverständlich, wenn sie mir sagen, wann sie hier in der Klinik sein können, deswegen rufe ich sie ja an. Die Aufwachphase wird sich aber über einige Stunden hinziehen, bringen sie also Zeit mit. Ich werde gleich versuchen, für morgen früh einen Flug zu bekommen und melde mich bei ihnen, wann wir da sein können. Gut, damit kann ich schon etwas anfangen, wir werden am späten Vormittag mit der Aufwachphase beginnen und sie sind dabei, wenn ihre Tochter die Augen öffnet. Wichtig ist, dass sie die ersten sind, die sie sieht. Wir vermuten, dass sie an einer Amnesie leiden wird, wie ich ihnen anfangs erklärt habe. Alles wird gut, ich verspreche es ihnen. Kristof hatte alles mithören können, da Lisbeth den Lautsprecher betätigt hatte. Wir müssen sofort am Flugplatz anrufen, ob Ole uns morgen nach Uppsala fliegen kann, mit dem Wagen dauert es zu lange. Er hatte sich die Nummer des Flugplatzes vorsorglich an die Pinnwand gehängt. Das Gespräch war kurz, Ole hat Feierabend und morgen einen freien Tag, was machen wir nun. Er hat gesagt, wir können ihn jederzeit anrufen. Ja, aber er hat morgen frei. Wir probieren es bei ihm zu Hause, wenn es nicht geht, wird er es schon sagen. Die Nummer hat er uns doch darunter geschrieben. Kristof versuchte es und hatte Glück. Ole, du hast morgen frei, ich habe eine Frage. Was gibt es Neues von eurer Tochter zu berichten? Genau darum geht es, morgen wird sie aus dem Tiefschlaf geholt, Kristof vermied das Wort Koma, wir möchten gerne dabei sein. Nun, möchtet ihr, dass ich euch fliege, richtig? Wenn du morgen etwas anderes vorhast, vielleicht kannst du dafür sorgen, dass vielleicht ein Kollege fliegt, mit dem Wagen würde es zu lange dauern. Das bekommen wir hin, meine Familie kommt erst am Samstag zurück, ich wollte meinen freien Tag mit Hausarbeit verbringen, damit meine Frau nicht gleich auf dem Absatz kehrt macht, wenn sie unser Haus betritt. Da der Lautsprecher des Telefons noch eingestellt war, konnte nun Lisbeth alles mithören. Ole, ich komme Samstag Morgen ganz früh und putze dein Haus. Das Angebot nehme ich gerne an, fliegen kann ich nämlich besser als putzen. Oh Mann, das ist prima, wir danken dir, wann sollen wir morgen auf dem Flugplatz sein? Ist acht Uhr OK für euch? Sie hatten es kaum gewagt zu hoffen, dass er so früh schon starten konnte. Wir sind da, bis morgen.

Wenn ich eines nicht verstehe, er hat Großeltern, sogar ganz in der Nähe. Warum ist das Kind damals nicht zu ihnen gekommen. Du weiß doch nicht, was da geschehen ist. Nein, aber wir werden es heraus bekommen. Das, was er uns, unserer Tochter und den anderen Menschen angetan hat, macht mich sprachlos, ich finde keine Worte dafür. Aber. . . Lisbeth bitte, hör jetzt auf, versuch bitte nicht für alles eine Entschuldigung zu finden. Nein, lass mich bitte ausreden, das Verhalten dieses Jungen ist gestört, er benötigt Hilfe, unsere wird nicht ausreichen. Die wird er bekommen, denn es sind Straftaten, Plural meine Liebe, die er begangen hat. Kristof, was passiert mit Gus. Er nahm seine Frau in die Arme und sagte nichts. Lass uns bald zu Bett gehen, das wird ein harter Tag. Ich glaube nicht, das ich überhaupt schlafen kann. Wir wollen es zumindest versuchen meine Liebe. Vorher werde ich noch mit Levander sprechen und ihn bitten, uns für einen weiteren bei der alten Ziege zu entschuldigen, ich habe keine Lust, ihr Einzelheiten am Telefon zu erklären. Das ist noch früh genug, wenn wir wieder zurück sind.

Kapitel 20.

Stians Bein wurde im Krankenhaus Gällivare versorgt. Mette konnte es nicht fassen, was der Junge getan hatte. Das ist ein richtiges Loch und muss genäht werden, sagte eine freundliche junge Ärztin. Das geht schnell und heilt besser. Nachdem sie die Wunde desinfiziert hatte, nahm sie ein kleines handliches Gerät und tackerte die Wunde zu. Was ist das denn, sagte Stian, so etwas haben wir zu Hause auf dem Schreibtisch stehen. Ja, lachte sie, so funktioniert es auch. Sie kommen in einer Woche wieder und ich entferne die Klammern. Wie sieht es denn mit Tetanus aus? Mhm, fragte er, ist das erforderlich. Unbedingt, es ist eine offene Wunde. Das ist schon eine Weile her, sagte er, ich denke, dann machen sie es gleich mit. Lassen sie es gelegentlich in ihren Impfpass eintragen, bringen sie ihn am besten nächste Woche mit. Gönnen sie sich Ruhe und schonen ihr Bein und sich, denn sie haben für heute genug Aufregung gehabt. Signe hatte wieder auf dem Flur gewartet. Ich bringe euch jetzt nach Hause, für heute reicht es, oder? Ich habe das Gefühl, das ich in einem Film mitspiele, das ist nicht mein Leben, was ich eigentlich führe. Signe setzte die beiden vor ihrem Haus mit den Worten ab, sobald wir Neuigkeiten haben, werden wir uns melden. Mette stützte ihren Mann während sie zu ihrem Haus liefen. Mette, was ist das für ein Junge, der hat so komisch und in Rätseln mit mir geredet, der hat mir richtig Angst gemacht. Das passiert mir nicht oft, das weißt du. Nicht einmal, wenn ich im Wald allein unterwegs war, habe ich so etwas Unheimliches gespürt, als ich mit dem unterwegs war. Stian, setz dich oder besser leg dich mal auf die Couch, ich muss dir etwas sagen. Weißt du, jetzt machst du mir Angst, so was hast du schon lange kein Gespräch mehr angefangen.... Der hat andauernd Opa zu mir gesagt und Oma, wenn er von dir gesprochen hat.

Stian, hör mir jetzt bitte zu, ich kann dir das erklären. . . Dieser Oscar oder besser Gus, so heißt er nämlich wirklich, ist unser Enkel. Ich dachte eigentlich, der Alptraum ist vorbei, aber weit gefehlt. Wie kommst du darauf? Nun, dieser Junge ist mit einem anderen Mädchen von einer Pflegefamilie adoptiert worden, hier ganz in der Nähe. Als er mit sechzehn wissen wollte, wer seine Eltern sind, ist er zum Jugendamt gegangen, um darüber eine Auskunft zu bekommen. Ein Zufall, dass er bei diesem Besuch in seine Akte Einblick bekam. Wenn es unser Enkel ist, wieso wissen wir es nicht, das müssten wir doch wissen. Du hörst mir jetzt einfach nur zu:

Unsere Tochter, sie hielt sich dabei beide Hände auf die Brust, haben wir tief hier drin verborgen, das haben wir vor vielen Jahren beschlossen. Sie hat uns sehr, sehr viel Kummer bereitet. Wir beide, mein Lieber, haben damals immer gesagt, schlimmer kann es in der Hölle nicht sein. Ich möchte das alles nicht mehr hören, Mette. Das musst du aber, sonst wirst du es nicht verstehen. Ich trage eine große Last auf meinen Schultern Stian, denn wenn ich dir jetzt erzähle, was ich getan, oder nicht getan habe, wirst du vielleicht sehr enttäuscht und traurig sein. Unsere Liv ist, warum auch immer, auf einen Weg geraten, den wir uns nie hatten vorstellen können, so etwas passierte doch nur in anderen Familien, weißt du noch? Wie könnte ich das wohl vergessen? Drogen, Alkohol und als sie mit fünfzehn schwanger wurde haben wir gehofft, sie würde mit unserer Unterstützung Verantwortung für sich und ihr Kind übernehmen, dass es keinen Vater gab, haben wir akzeptiert. Als Tuva auf die Welt kam, schien ja auch anfangs alles gut zu werden. Bis sie wieder anfing, Drogen zu nehmen. Irgendwann war sie weg, einfach so, ohne sich zu verabschieden, kein Brief, gar nichts. Wir haben sie überall gesucht, Flugblätter verteilt, sogar bis nach Stockholm sind wir und haben überall in der Szene ihr Bild herumgezeigt. Unser Kind blieb bis heute verschwunden. Damals war ich mit den Nerven am Ende. Als dann auch noch deine demenzkranke Mutter zu uns kam, war ich völlig überfordert. Ein kleines Kind und ein erwachsener Mensch, der sich wieder zu einem Kleinkind entwickelte, ich habe nie ein Wort darüber verloren. Manchmal bin ich in den Wald gerannt und habe es herausgeschrien, weil ich die Belastungen kaum noch ertragen konnte. Hinzu kreisten meine Gedanken immer um unser Kind. Ich stellte mir die schlimmsten Bilder vor, wie sie irgendwo hilflos in der Gosse lag.

Als Tuva ungefähr sieben Jahre alt war, bekamen wir vom Jugendamt eine Mitteilung, wir möchten uns doch bitte mit Ihnen in Verbindung setzen. Meine größte Befürchtung war, dass Liv ihre Tochter haben wollte, denn inzwischen war sie ja volljährig. Völlig fertig, du weißt selbst, wie sich der Zustand deiner Mutter in der Zeit verschlechtert hatte, bin ich zu dem damaligen Betreuer gefahren. Ich erinnere mich noch genau, dass ich vor Aufregung kaum sprechen konnte. In der Nacht vorher hatte ich nicht geschlafen und mir alle möglichen Argumente überlegt, ihn davon zu überzeugen, uns das Enkelkind zu lassen. Aber es ging gar nicht um Tuva. Es ging um einen kleinen Jungen, ein weiteres Kind von Liv. Ich war so schockiert und habe dem Mann unsere Situation erklärt und dass ich es unter den Umständen nicht schaffen würde, ein weiteres Kleinkind großzuziehen. Er war sehr verständnisvoll und meinte, ich solle mir keine Gedanken machen. Ein kinderloses Ehepaar wollte ihn und ein kleines Mädchen gerne adoptieren. Sie hätten es dort gut, das hatte er mir versprochen. Ich willigte ein und war davon überzeugt, dass das der richtige Weg war. Die ganzen Jahre habe ich immer ein schlechtes Gewissen gehabt, dieses Kind abgelehnt zu haben. Tränen kullerten über das Gesicht, aber Mette wollte jetzt alles erzählen, alles loswerden. Stian kam mit dem Oberkörper hoch und nahm seine Frau ganz fest in seine Arme, du hast meine Mutter in unserem Haus aufgenommen und Tuva großgezogen, du darfst dir keine Vorwürfe machen. Aber woher weiß man denn, dass er unser Enkel ist? Liv ist damals zur Geburt ins Krankenhaus in Stockholm gekommen, aber auch von dort einfach mit dem Kind verschwunden. Sie hat dann mehr oder weniger mit so einem Typen und dem Kind mal hier und dort gelebt. Irgendwann hat sie den kleinen Kerl einfach bei diesem Mann zurückgelassen und ist wieder mal verschwunden. Das Jugendamt hat ihn und noch ein kleines Mädchen aufgegriffen und in eine Pflegestelle gegeben. Die völlig verdreckte Geburtsurkunde fand man in dem ganzen Müll. Dieser Mann, fragte Stian, was ist mit dem? Ich glaube Tyra Mikkels sagte, er sei an einer Überdosis gestorben. Stian, ich bin davon überzeugt, dass er sich rechen wollte. Ich habe in dem Moment, als er auf unseren Hof kam und durch das Fenster sah, mich umgedreht, obwohl ich ihn nicht gehört habe. Als ich in seine Augen blickte, war mein erster Gedanke, Liv. Er hat doch auch die ganze Zeit irgendwie in Rätseln gesprochen. Ja, jetzt verstehe ich auch, sagte Stian, warum er stets Opa und Oma sagte. Ich hatte es ihm verboten, so respektlos mit uns zu reden, konnte ja nicht ahnen, dass wir wirklich seine Großeltern sind.

Bist du jetzt sehr enttäuscht von mir? Von dir kann man nicht enttäuscht sein, du bist ein wundervoller Mensch und versuchst immer allem gerecht zu werden, darum liebe ich dich. Enttäuscht bin ich nur und auch traurig, dass du dich mir nicht anvertraut, dass du alles mit dir allein abgemacht. Du hast die ganze Last allein getragen, ich hätte genauso entschieden wie du. Du hast es dir nicht leicht gemacht und wie du sagst, ist es eine liebe Familie, in die er gekommen ist. Vorwürfe müsste sich ganz allein unser Tochter machen, sie hat sich jeder Verantwortung entzogen. Wer weiß, setzte Stian noch einmal an. . . sprich es bitte nicht aus, sagte seine Frau, darüber möchte ich nicht weiter nachdenken. Dieser Junge braucht Hilfe Mette, das war mir schon klar, als ich im Auto neben ihm saß. Sein Gesichtsausdruck war grauenvoll. Ich hoffe für ihn aber letztendlich auch für uns, dass man ihn aufgreifen wird, bevor er noch mehr Schaden anrichtet oder Menschen verletzt werden. Wenn Tuva von ihrer Tour zurückkommt, werden wir das mit ihr besprechen. Ich werde versuchen, ihm unsere damalige Situation verständlich zu machen, aber auch, ihm unsere ganze Unterstützung anzubieten. Wir sollten uns mit den Adoptiveltern in Verbindung setzten, um vielleicht gemeinsam eine Lösung zu finden Für den Schaden in der Bank kommen wir auf, meine Liebe, das ist klar. Aber er hat eine Schusswaffe gestohlen und sie auch benutzt, das heißt, er hat einen Menschen angeschossen, dafür muss er gerade stehen. Ich danke dir mein Lieber, für dein Verständnis meiner folgenschweren Entscheidung, aber auch für die Empathie, die du dem Jungen entgegenbringst. Es wird noch eine schwere Zeit vor uns liegen, wir werden ihm hoffentlich helfen können.

Kapitel 21.

Die Wandertruppe hatte gegen Abend das Camp erreicht und freute sich, endlich das Ziel erreicht zu haben. Tuva einmal mehr, da sie ja nun die Information von Ukka bekommen hatte, dass der Täter noch auf freiem Fuß war. Das vergessene Funkgerät hatte auch nicht zu ihrer Entspannung beigetragen. Randy, Kolja und Nils kümmerten sich in der Saison um das Camp und Tuva viel ein Stein vom Herzen, dass die drei im und am Haus zu Gange waren.

Sie kannten sich aus der vorjährigen Sommerzeit und kamen gut miteinander aus. Sagt mal ihr drei, ihr habt doch sicherlich eure Handys dabei fragte Tuva beiläufig, als sie alle draußen am großen Holztisch saßen und sich über eine große Pfanne voll Bratkartoffeln hermachten. Das kannst du vergessen, wusste Randy. Wenn du Glück hast und die 100 Meter zum See läufst, könnte es klappen. Aber sicherer ist dein Funktelefon, das ist ein anderes Netz, so wie wir gehört haben. Was heißt gehört, habt ihr auch eines? Nee, aber du doch, oder? Es blieb ihr nichts anderes übrig, als ihnen reinen Wein einzuschenken. Sorry, sagte sie, das ist mir noch nie passiert und dürfte es eigentlich auch nicht. Aber irgendwann gibt es ein erstes Mal, und nun ist es passiert. Mein Akku war leer und ich habe vergessen, es wieder einzustecken. Ach, was soll denn hier passieren, wir sind drei und ihr sieben Personen, wir werden den Bären schon in die Flucht schlagen. Mhm, fragte Tuva, habt ihr etwas von einem Bären gehört und woher wisst ihr, dass das Funktelefon ein anderes Netz hat? Johan aus Stockholm war am späten Nachmittag hier und ihre Augen glänzten, dieser tolle Naturbursche, den kennst du doch. Tuva hatte es kurz die Sprache verschlagen, hallo Tuva, du kennst doch Johan, oder heißt der nicht Johan? Doch, doch Johan, klar, kenn ich Johan. Was hat er euch denn erzählt, wollte sie wissen. Also erst einmal will ein Tourist einen Bären gesehen haben und zweitens hat er uns auch nach Handys und Funktelefon gefragt, falls wir Hilfe benötigen sollten. Aber er hat auch gesagt, dass er sich hier im Umkreis aufhalten und am Abend wieder hierher kommen wolle. Vielleicht bleibt er ja über Nacht sagte Randy. Tuva spürte eine ungeheure Erleichterung und sagte, na dann kann uns ja nichts passieren und das meinte sie so, wie sie es sagte. Ihre gute Stimmung kehrte so zurück, was sie mit der Frage, können wir ein Bier haben, zum Ausdruck brachte. Wir wollten eigentlich noch unsere Spinnruten ausprobieren, sagte Lennart, können wir doch auch, ein Bier sollte uns nicht daran hindern, meinte Paul. Sagt ihr drei Angler, warum heißen die eigentlich Spinnruten, das wollte ich schon immer mal wissen. Sind das Angeln mit denen man besonders gut spinnen kann? Wollte Mina wissen. Sie musste selbst über ihren Witz am meisten lachen und prustete los, da der letzte Schluck Bier sich den Weg zurück vom Rachen in die Nase gesucht hatte. Sie hatte ein zweites Bier getrunken und ihre blonden Haare hingen wuselig herunter, was sie sexy aussehen ließ. Paul starrte sie an, als sähe er sie jetzt zu ersten Mal in seinem Leben. Ihre Blicke trafen sich und beide waren in diesem Moment allein am Tisch, allein im Park und überhaupt. . . Wenn du Lust hast, sein Gehirn war wieder eingeschaltet, zeige ich es dir. Vielleicht hast du ja auch Spaß daran, die Angelschnur mit einer künstlichen Fliege immer wieder auf der Wasseroberfläche zu bewegen, damit die Fische angelockt werden. Diese künstlichen Fliegen auch Spinner genannt, fertige ich übrigens selbst, soll ich dir meine Sammlung zeigen? Das ist ja ein Ding, sagte Tilda, mir hat man schon viele Sammlungen zeigen wollen, Briefmarken, Münzen, sogar einmal eine Geweihsammlung, aber solch eine Sammlung war nicht dabei. Ja, gerne, sagte Mina, das hört sich interessant an, ich komme nachher mit. Unsere Bibersafari werden wir morgen nach dem Frühstück beginnen, den heutigen Abend werden wir gemütlich ausklingen lassen, die Biber laufen bestimmt nicht weg, sagte Tilda und gähnte herzhaft. Die beiden anderen Männer waren sprachlos, Paul . . .

Kapitel 22.

Johan hatte einen sechsten Sinn, wie schon so manches Mal. Der Junge war als bei Stian und Mette Lund gewesen, hatte mitbekommen, dass Tuva am nächsten Tag eine Gruppe ins Reservat führen wollte und hatte die Pistole gestohlen. Er konnte nichts Besseres tun, als dort unterzutauchen. In einem größeren Ort oder sogar einer Stadt hätte er keine Chance, versuchte er sich in das kranke Hirn hinein zu versetzen. So oder so, er wird früher oder später Fehler begehen. Er befürchtete allerdings, dass das nicht der einzige Grund war, im Muddus zu verschwinden. Er war eifersüchtig auf Tuva. Er versuchte sich parallel vorzustellen, wo er sich durchschlagen könnte, nicht auf dem Hauptweg, da wäre es zu frei. Rechte Seite, linke Seite, Johan kämmte das Gebiet förmlich im Zickzackkurs durch und bemühte sich, so gut es ging, keine Äste knacken zulassen. Das hatte er während seiner langjährigen Tätigkeit gelernt, wenn er Tieren auf der Spur war. Als er wieder im rechten Bereich des Weges seinen Blick kreisen ließ, erkannte er etwas Buntes auf dem Waldboden. Vorsichtig nahm er sein Fernglas und suchte den Punkt auf dem Boden, bis er ihn im Fokus hatte. Ein paar bunte Schuhe, genauer gesagt, es waren knallbunte Schuhsohlen. Was hatten sie gesagt: schwarz - blau – orange – grün – Treffer. Vorsichtig bewegte er sich in diese Richtung, blieb stehen und sah noch einmal durch sein Fernglas. Es waren nicht nur die Schuhe, sondern auch der Träger zusammengerollt wie er nun erkennen konnte. Eingerollt wie ein kleiner Hundewelpe, den Kopf zwischen Unterleib und Oberschenkel und die Arme schützend darüber. Er wollte ihn nicht erschrecken, denn die Waffe lag sicherlich griffbereit in seiner Hand. Er hatte sich bis auf ca. drei Meter genähert, als er mit seinem rechten Fuß an der Schlinge einer freiliegenden Schlinge einer Baumwurzel hängen blieb, die sich oberhalb des Waldbodens ihren Weg gesucht hatte. In demselben Moment machte Johan einen Satz nach vorn und versuchte, nicht zu fallen und das Gleichgewicht wieder zu finden. Das war knapp. Gus Körper machte eine Bewegung. Er hatte ein Geräusch gehört, kam mit seinem Kopf hoch und sah über die linke Schulter nach hinten genau zu Johan. Hey, brauchst du Hilfe? Ich bin hier der Jagdaufseher und auf der Suche nach dem Bären, der hier gesichtet wurde. Gus wollte hochspringen, wurde aber von seinem lädierten Fuß gebremst. Johan wollte so unverfänglich wie möglich klingen und vermeiden, dass sein Gegenüber Verdacht schöpfte. Er hatte wohl fest geschlafen und schien fast benommen, ein Bär wieso Bär, hier gibt`s Bären? Ja sicher, wusstest du das nicht? Nee, nicht wirklich. Na, wenn du dich in dieses Reservat begibst, solltest du dich aber vorher kundig machen. Elche, dachte ich, aber die sind doch harmlos. Harmlos. Sagte Johan. Eine führende Elchkuh ist genauso angriffslustig wie ein Bär. Die trampelt dich tot. Was heißt denn führend, ist das eine Leitkuh oder was. Führend heißt in diesem Fall, dass sie ein Kalb bekommen hat und es schützen will, vor jedem, der ihr in die Quere kommt. Mein lieber Mann, du bist ganz schön mutig, legst dich hier einfach hin und schläfst ne Runde. Habe mir den Fuß verletzt. Soll ich mir das einmal ansehen, erste Hilfe kann ich leisten. Nee lass mal, ist nicht so dramatisch, kann nur nicht richtig auftreten. Johan machte einen großen Fehler und sagte, komm stell dich nicht so an, ich habe in meinem Rucksack eine kühlende Salbe, zeig mal her. Gleichzeitig bewegte er sich weiter auf ihn zu. Gus zog seine Waffe, keinen Schritt weiter, ich sagte nein, du sollst ihn dir n i c h t ansehen. OK, bleib ruhig, ist das eine Schreckschusspistole, obwohl er genau erkennen konnte, dass es eine Smith & Wesson war. Für wie blöd hälst du mich du

Penner, glaubst du, ich turn mit Spielzeug durch den Wald? Entspann dich, ich habe dir nur meine Hilfe angeboten. Du nervst, Alter, verpiss dich. Du suchst doch keinen Bären, suchst du mich? Wieso sollte ich dich suchen, ich kenn dich doch gar nicht. Gibt es denn einen Grund, warum du gerade so auf dem Boden herumliegst? Deine Fragen gefallen mir nicht, er zielte auf den Boden und drückte. ab. Johan schrie, bist du völlig durchgeknallt, du Blödmann, du hast mir in den Fuß geschossen. Ja, ja, wer´s glaubt du Wichtigtuer. Johan sank auf den Boden, verdammter Mist, sieh dir das an, er zeigte auf seinen rechten Schuh. Gus bracht in schallendes Gelächter aus und schmiss sich ebenfalls wieder auf den Boden, wieder ein Treffer, wollte ich eigentlich gar nicht, sollte nur ein Warnschuss sein. Er konnte gar nicht aufhören, zu lachen. Sag mal, tickst du nicht ganz richtig, du schießt mir in den Fuß und bekommst einen Lachkrampf. Bist du nicht ganz richtig da oben, er zeigte mit seinem Finger an seine Stirn? Was hast du da gerade gesagt? Sag das noch mal? Hast du sie noch alle, ballerst mir in den Fuß und lachst dich schlapp, das ist doch nicht normal. Normal ist doch, wenn ich dir in den anderen Fuß auch noch ein Loch mache. Vom Boden aus zielte er auf den anderen Fuß und schoss noch einmal. Traf aber nicht den Fuß, sondern den Oberschenkel. Ich werde ja immer besser, sagte er und fing wieder an zu lachen. Johan schrie und wälzte sich auf dem Boden. Währenddessen versuchte er seine Pistole aus der Jacke zu ziehen, was ihm auch gelang. Er nutzte den kurzen Überraschungsmoment und traf Gus an seinem verletzten Fuß. Ein Aufschrei verbunden mit einer Tirade von Schimpfwörtern war zu hören. Vermutlich war die Waffe in diesem Augenblick aus seiner Hand geglitten, denn Gus drehte sich hektisch zu allen Seiten um und suchte den Waldboden im Liegen trotz der Schmerzen, die sich vervielfacht hatten. Du Arschloch schrie er, du Riesenarschloch. Johann versuchte aufzustehen, was kaum möglich war, da seine beiden Beine betroffen waren. Gus war aber schneller und stand über ihm. Mit seinem gesunden Fuß trat er auf Johan ein, was ihm sichtlich Freude bereitete. Für einen Moment vergaß er sogar darüber die Schmerzen. Johan versuchte sich nunmehr zu schützen, indem er versuchte, sich wie ein Igel zusammen zu rollen. Gus trat weiter und weiter bis Johan seinen Fuß zu packen bekam und diesen umdrehte, sodass Gus wieder zu Boden fiel. Sie drehten sich auf dem Boden und Johan bemühte sich von der Stelle wegzukommen, da Gus seine Waffe noch nicht wieder hatte. Seine eigene schmiss er voller Kraft in den Wald hinein, damit sein Gegner keine Gelegenheit bekam, sie ihm abzunehmen. Ob es richtig oder falsch war, war ihm in diesem Augenblick völlig egal. Er wollte nur weitere Verletzungen auf beiden Seiten verhindern. Gib mit deine Waffe, du Penner, er hatte ganz offensichtlich nicht gesehen, dass sich Johan davon getrennt hatte. Ich habe sie nicht mehr, die muss ich eben bei der Rangelei verloren haben, sagte Johan unter Schmerzen. Seine Hose war blutdurchtränkt und durch seinen kaputten Schuh kam ebenfalls Blut. Gut, Ende der Vorstellung, du gibst mir jetzt deine Waffe und ich mach mich vom Acker. Du kannst nachsehen, ich habe sie nicht mehr, hätte dir längst noch eine verpasst, dann hätte ich Ruhe. Gus stutzte und dachte nach, Johan hatte ihn überzeugt. Er ging trotz Schmerzen in die Hocke und versuchte mit beiden Händen den Waldboden abzutasten. Für wie blöd hälst du mich eigentlich, dreh dich auf die Seite verdammter Mistkerl, du liegst doch darauf. Johan bemühte sich, seiner Forderung nachzukommen, hier ist sie nicht, überzeuge dich. Ich werde mich jetzt und hier von dir verabschieden sagte er, du musst jetzt ohne mich klar kommen, sorry. Du hast doch noch zwei gesunde Arme, irgendwie wirst du es schaffen,

Handstand und los geht's. Er konnte kaum noch sprechen, weil er über seinen eigenen Joke derart lachen musste, dass er fast wieder vornüber auf den Waldboden fiel. Er stolperte los Die Schmerzen an seinem Fuß waren infernalisch. Schmerzen, psychisch und physisch, Wut und die daraus entstehende Kraft waren seine Empfindungen. Ich muss versuchen, die Blutung am Oberschenkel zu stoppen, dachte Johan und zog aus der Beintasche ein Band, welches er immer für den Notfall dabei hatte. In Höhe der Leiste band er es sich damit vorsorglich ab, um nicht zuviel Blut zu verlieren. Er legte sich flach auf den Boden, falls es dem Irren noch einmal einfallen sollte, zurückzukommen. Nach ungefähr dreißig Minuten versuchte er sich mit aller Kraft mittels eines abgebrochenen Astes aufzurappeln, was ihm auch gelang. Der morsche Ast brach jedoch im unteren Teil und Johan stürze vornüber auf den Waldboden. Er versuchte nicht laut aufzuschreien, die Schmerzen brachten ihn an den Rand Wahnsinns. Ich darf nicht ohnmächtig werden, dachte er, ich muss wach bleiben. Er hatte einen stabileren Ast vorne links im Visier und robbte auf seinen Unterarm dorthin. Das Fortbewegen bäuchlings auf dem Boden verursachte genauso so viel Schmerzen wie das Laufen, nur mit dem Unterschied, dass er dabei nicht umfallen konnte. Als er den dickeren Ast erreichte, nahm er noch einmal seine ganze Kraft zusammen, richtete diesen auf und zog sich daran hoch, so gut es ging. Das verletzte Bein dabei nicht zu sehr zu strapazieren war kaum möglich. Der Fuß schmerzte auch, aber nicht so sehr wie das Bein, so fühlte er zumindest. Er hielt sich mit beiden Händen daran fest und versuchte nun ganz langsam sich vorwärts zu wegen, was ihm auch gelang. Ich muss es zum See schaffen, das war sein Ziel, ich muss. . . da sind Menschen, schaffen, schaffen. . . dann wurde es dunkel um ihn herum.

Kapitel 23.

Mina und Paul gingen noch zum See, wo er ihr die Technik des Fliegenfischens zeigte. Die drei anderen Angler wollten ins Bett , um am frühen Morgen ihr Glück bei den Fischen zu versuchen. Tuva wartete auf Johan. Die Nachricht, er würde gegen Abend im Camp vorbeischauen, hatte sie beflügelt aber auch beruhigt und Sicherheit gegeben. Mittlerweile war es 23.00 Uhr vorbei und sie war müdc. Der Tag hatte sehr viel ihrer Kraft geraubt und sie entschloss sich ebenfalls in ihr Bett zu krabbeln. Randy, Kolja und Nils saßen noch eine Weile auf der alten Holzbank und rauchten eine letzte Entspannungszigarette, wie sie sie nannten. Über den Tag waren viele Touristen zu ihnen gekommen mit den unterschiedlichsten Wünschen von der Speisekarte. Irgendwann in der Nacht hörte Tuva Mina und Paul vom See zurückkommen, Mina war pausenlos albern am Lachen. Tuva zog sich die Decke über die Ohren und schmiss sich wütend auf die andere Seite. Alle Fenster waren weit geöffnet und es war windstill. Der Schlaf forderte irgendwann von allen sein Recht und am frühen Morgen duftete es nach Kaffee und gebratenem Speck. Mina pfiff fröhlich in der Küche ihr Lied, Let it be, während Kolja und Nils sich um die Toiletten und Duschen kümmerten. Wo bleiben denn unsere Angler, fragte Tuva? Man, ich freue mich auf einen starken Kaffee, sagte Gunnar, und ich habe einen Mordhunger, ich rieche schon den gebratenen Speck, sagte Per. Lasst uns einpacken. Neues Spiel neues Glück, gegen Abend geht es weiter, tagsüber sind sie ja eher etwas träger.

Paul ließ noch einmal seinen Blick über den See streifen in der Hoffnung, noch eine springende Forelle zu sehen, als Zeichen, dass Leben im See war. Er hatte sein kleines Fernglas für den Notfall und stockte. Männer, wartet bitte, da drüben am Ufer liegt etwas, oder. . . . Och Mensch Paul, nee jetzt wollen wir frühstücken. Hier bitte, er hielt sein Glas nach hinten in der Hoffnung, einer von ihnen würde es nehmen. Wir frühstücken, sagte Lennart, dann kommen wir wieder und sehen nach, was dort liegt, einverstanden. Die vier gingen zurück zum Camp und freuten sich, als sie die anderen sahen. Na ihr, wo sind die dicken Fänge, ich dachte, ihr hättet das Mittagessen dabei? Wollte Kolja wissen. Heute Morgen haben die Fische nicht gebissen, ein Angler muss Geduld haben, sonst ist es das falsche Hobby. Paul hatte es sehr eilig mit dem Frühstück und schlang sein Essen hinunter, ohne es richtig zu genießen. Mina war dieses nicht entgangen, Paul, was ist los, muss du gleich wieder los? Nicht zum Angeln, aber da lag je . . . etwas und ich würde gerne Immer mit der Ruhe, wir kommen gleich mit dir, verdirb uns bitte nicht das Frühstück, sagte Per. Randy hat sich solche Mühe gegeben und du schlingst wie ein Bär. Tuva, wir drei starten gleich zu den Bibern, ja? Ja, meine Damen gleich starten wir. Sie hatte ein mulmiges Gefühl und wollte gerne wissen, was die vier Männer am See entdeckt hatten. Vielleicht hing es damit zusammen, das Johan nicht gekommen war, obwohl er es gesagt hatte. Er ist sehr zuverlässig, dachte sie, er hatte sie noch nie versetzt. Mit Blick auf Randy fragte sie beiläufig, hatte Johan eigentlich gestern gesagt, er käme vielleicht oder wie hatte er sich ausgedrückt? Nee, sagte diese, es klang sehr bestimmt, da er ja Sorge hatte wegen des Bären. Gut Mädels, ich möchte kurz mit den Männern zum See, dauert ja nicht lange, sucht ihr schon mal eure Sachen zusammen. Gehen wir. Die vier Männer machten sich den knappen halben Kilometer auf zum See. Paul hatte sein kleines Fernglas schon in der Hand. Am Ufer begann er in etwa die Stelle ausfindig zu machen, die er in Erinnerung hatte. Na Paul, wo ist denn nun dieses Etwas? Mensch, nun hör doch auf, ich bin doch gerade dabei, die Stelle zu finden. Hier, da ist es. Tuva machte einen Satz auf ihn zu, ehe es die anderen taten, mit der Aufforderung, lass mal sehen. Sie hielt sich das Glas vor die Augen, das ist Johan, ich glaub mit dem stimmt was nicht. Es ist Johan, er hat immer seine grünen Jack Wolfskinn Klamotten an sagte sie noch einmal, während sie rechts herum losrannte. Völlig aus der Puste kamen sie alle fünf hintereinander an der Stelle an. Oh mein Gott, Johan, was ist mit dir, schon war sie in der Hocke und beugte sich über ihn. Sie konnte sehen, dass seine Kleidung völlig verdreckt und blutig war. Das linke Hosenbein war blutdurchtränkt und der rechte Fuß wies ein Loch auf, aus dem offensichtlich Blut herausgekommen war. Johan, kannst du mich hören fragte Tuva besorgt? Sie versuchte mit der rechten Hand den Puls am Hals zu fühlen. Er lebt, aber der Puls ist schwach. Er hört uns nicht, wir müssen den Rettungsdienst rufen. Er ist bewusstlos durch den Blutverlust. Tuva ahnte, dass es Schüsse aus ihrer Smith & Wesson waren und erkannte den Zusammenhang. Es sieht so aus, dass es Durchschüsse von Vollmantelgeschossen sind, ansonsten wären die Verletzungen schlimmer. Für mich, sagte Lennart sehen diese Verletzungen schon schlimm genug aus. Ich gebe dir recht, aber Teilmantelgeschosse pilzen sich auf und die Einschüsse verursachen größere Lö. . . Einschüsse. Wer hat sein Handy hier, fragte sie gereizt, nahm ihre Jacke und legte sie Johan vorsichtig unter den Kopf. Paul reichte ihr seines. Tuva hatte die Nummer der Rettungsstaffel im Kopf und tippte die Nummer ein. Sie wagte es kaum zu hoffen, aber die Verbindung kam zustande. Nachdem sie kurze präzise Angaben zu den Verletzungen gemacht hatte wollte sie die Koordinaten anschließen. Hallo? Hallo? Scheiße, Scheiße, Scheiße. Sie sah auf das Display. Paul, der Akku ist leer, das darf jetzt nicht war sein. Die anderen sahen betreten in die Runde. Ihr bleibt bei ihm, befahl sie, ich laufe zum Camp und versuche es von dort. Tuva rannte so schnell sie konnte, stolperte über eine Baumwurzel, rappelte sich wieder auf und rannte weiter. Sie bekam Seitenstechen. Mina und Tilda saßen am Holztisch und hatten ihre Rucksäcke auf den Tisch gestellt. Ich brauche sofort ein Handy, schnell, Johan ist verletzt, es ist Johan, der dort liegt. Verletzt, vom Bären. Nein, er ist angeschossen. Du machst Witze, wer schießt denn hier auf Menschen? Ich brauche ein Handy, sofort, schrie sie.

Beide kramten in ihren Rucksäcken. Tuva holte aus ihrem die Rettungsdecke. Mina war schneller. Wieder gab sie Nummer ein, die Verbindung konnte nicht aufgebaut werden. So eine Kacke, sie rannte wieder zurück zum See in der Hoffnung, dass es dort funktionieren würde. Am See angekommen, war es ihr kaum möglich zu sprechen und sie holte tief Luft. Nummer eintippen dachte sie, das Herz schlug ihr zum Hals heraus. Die freundliche Mitarbeiterin war sofort wieder am Apparat. Hey hallo, was ist los, das Gespräch wurde unterbrochen, mehr eine Feststellung, denn als Frage . Ja Ja, sagte Tuva, Stora Sjöfallet, bitte sofort einen Rettungshubschrauber, wir haben hier eine verletzte Person, mit Schussverletzungen, das hab ich doch eben alles schon gesagt. Ich weiß es nicht, schrie sie jetzt, machen sie schnell, der Mann hat sehr viel Blut verloren. Das ist ja ein Albtraum, innerhalb von drei Tagen, wieder eine verletzte Person, wieder der Heli und ich wieder mitten drin. So, sagte sie zu den vier Männern, egal wer, läuft jetzt zum Camp und wenn der Heli kommt, bringt ihr Notarzt und Sanitäter hierher, verstanden? Alle drei rannten los und sie setzte sich auf den Waldboden und hielt Johans Hand. Paul stoppte und rannte zurück zu den beiden, ich bleibe bei euch, kann dich doch nicht mit ihm alleine lassen. Das ist lieb von dir, sie zwang sich zu einem Lächeln. Ich habe Angst, Paul. Es wird alles gut, wir haben ihn gefunden. Er lebt. Es dauerte endlos lange, bis sie das langersehnte Geräusch des Helikopters hörte.

Paul wollte sich mit Tuva unterhalten, um sie abzulenken.

Ich möchte das jetzt nicht, bitte nimm es mir nicht übel Paul, ich kann nichts denken und zuhören schon gar nicht. Ist schon OK., ich mein ja nur, es würde dich ablenken, weil....Paul bitte. Sie beugte sich wieder zu Johan und hielt Zeigefinger und Mittelfinger ihrer rechten Hand wieder an den Hals von Johan. Alles wird gut sagte sie zu sich, zu Johan während sie zu Paul aufblickte, alles wird gut. Dieser versuchte ihr mit zuversichtlicher Mine ihr zuzunicken. Sie hörten Schritte, schnelle Schritte. Sie kommen, sagte Paul. Froh darüber, endlich etwas Nützliches von sich geben zu können. Gott sei Dank, Johan, du wirst wieder gesund. Der Notarzt hatte Thore in der Polizeistation angerufen und gebeten mitzufliegen, als er hörte, dass es Schussverletzungen waren. Sie machten sich kurz miteinander bekannt. Der Notarzt blickte auf den Verletzten, dann auf Tuva und sagte, sie schon wieder, wir kennen uns doch vom letzten Einsatz. In Tuva brodelte es, sie fand es völlig unpassend, in dieser Situation eine derart geschmacklose Bemerkung zu machen. Was ist hier passiert, wollte TT wissen. Wir sind hier im Camp und haben Johan am See mit den Schussverletzungen gefunden, sagte Tuva mit zitternder Stimme. Wer genau hat ihn gefunden, sie? Wir sind vier Angler, meldete sich Paul zu Wort. Drei sind zurück ins Camp gegangen. Heute Morgen haben wir hier an diesem See mit unseren Spinnruten geangelt und beim Einpacken habe ich noch einmal über den See geschaut, um zu sehen ob ich Fische erkennen, bzw. springen sehe, denn wir hatten nicht einen Biss. Die anderen Angler sind also im Camp, wollte TT wissen. Befanden sich zu diesem Zeitpunkt noch weitere Personen dort im Camp? Ja, sagte Tuva noch zwei weibliche Personen, wir drei wollten gleich alle zusammen frühstücken. Die Männer hatten vor, dann noch etwas zu schlafen, da sie ja früh aufgestanden waren und wir drei Frauen wollten die Biber hier im See beobachten. Dies ist eine bewirtschaftete Hütte, ergänzte Tuva noch, dort sind drei Personen beschäftigt. Nachdem die Erstversorgung vorgenommen wurde, legten sie den Schwerverletzten mit der Sauerstoffmaske auf die Trage und liefen im Dauerlauf zurück zum Helikopter, der hinter dem Camp auf dem freien Platz stand. Der Pilot startete und die Rotorblätter wirbelten alles vom Boden auf, was dort lose herumlag.

TT sagte, ich bleibe bei Ihnen, man wird mich später hier wieder abholen, das habe ich mit dem Piloten vereinbart. Er wird wieder gesund Herr Doktor? Fragte Tuva besorgt. Davon gehen wir aus, machen sie sich mal keine Sorgen, ist das ihr Freund? Äh, nein?? Auch gut, dann eben nicht, na egal.

Moment mal, sagte er, ist das nicht der junge Mann, der vor ein paar Tagen bei dem letzten Einsatz mit uns geflogen ist, als wir das junge Mädchen nach Uppsala in die Klinik bringen mussten? Ja, der ist es, sagte Tuva, genau der. Er wollte noch etwas fragen, besann sich aber auf seinen Einsatz. Ich brauche die persönlichen Daten, bitte geben sie mir die später telefonisch durch, wir fliegen ihn nach Gällivare in die Klinik, damit er erst einmal eine Portion Blut bekommt, dann sehen wir uns die Schussverletzungen genauer an. Oder wollen sie mit uns fliegen? Damit hatte Tuva nicht gerechnet und fragte völlig verdattert, geht das denn? Natürlich, Platz haben wir, und für ihn, er nickte mit dem Kopf zur Trage wäre es gut, jemanden an seinen Seite zu haben. Ja aber, ich kann meine Gruppe hier doch nicht alleine lassen.

Paul hatte nun endlich seinen Einsatz und ermunterte sie, da mach du dir mal keine Sorgen, wir sind alle erwachsen und warten hier auf dich. Das, was hier passiert ist, müssen wir erst einmal verarbeiten, mal hören, ob wir überhaupt weiter gehen wollen. Denn die Frage, wer ihm diese Verletzungen zugeführt hat, ist doch noch offen. Er blickte in Richtung des Kommissars. Der Hubschrauber startete. TT hatte auf dem Weg dorthin von dem anderen Vorfall erzählt, um auf die Gefahr aufmerksam zu machen, die nach wie vor bestand. Hm, sagte Paul, dann ist es ja wohl das Beste, wenn wir so schnell wie möglich von hier verschwinden, oder? Da werde ich ihnen nicht widersprechen, denn wir wissen nicht, mit wem wir es zu haben. Eine Vermutung haben wir, aber was in dem Menschen vorgeht, kann momentan keiner einschätzen, er ist eine tickende Zeitbombe.

Alle saßen draußen am großen Holztisch voller Erwartung, was nun weiter geschehen würde. Hey ich bin TT, Thore Trol mit einem L, Betonung auf O, Kommissar aus Gällivare, stellte er sich vor. Ich habe schon von diesem jungen Mann, er schaute in Richtung von Paul, einiges erfahren. Können sie sich alle ausweisen? Bitte haben sie dafür Verständnis und bitte fragen sie mich jetzt nicht, ob ich einen von ihnen für den Schuldigen halte. Meine Pflicht ist es, von allen Personen, die in der Nähe sind oder waren, die Personalien aufzunehmen. Es ist der dritte schlimme Vorfall in dieser Gegend und wie ich ihrem Freund auf dem Weg hierher schon sagte, wissen wir nicht genau, mit wem wir es zu tun haben. Eine Vermutung, mehr nicht. Nur im ersten Fall wurde keine Waffe benutzt, aber schwere körperliche Gewalt. Sie werden jetzt von mir wissen wollen, was da passiert ist. Ich kann ihnen soviel verraten, dass ganz in der Nähe ein junges Mädchen schwer misshandelt und sich selbst überlassen wurde. Das wiederum heißt, dass der Täter billigend in Kauf genommen hat, dass das Mädchen stirbt. Oh mein Gott, sagte Ronja. Tilda und Mina fast gleichzeitig, ich will hier weg, keine fünf Minuten bleiben wir noch hier, Herr Kommissar, können sie uns bitte mitnehmen? Das regeln wir gleich, wir finden eine Lösung. Ich denke, es ist wirklich besser, das Camp zu räumen und auch den umliegenden, die bewirtschaftet sind, Bescheid zu geben. Wenn hier ein Irrer herumläuft, packen wir unsere Sachen, sagte Kolja. Wir haben unseren Wagen dabei. Zu Bewirtschaftung der Camps dürfen die Fahrzeuge auf den Hauptwegen fahren. Zwei Personen können wir noch mitnehmen. Oder 3, er blickte zum Kommissar, als Ausnahme im Notfall? Er schmunzelte, dieses Gespräch hat nie stattgefunden. OK, sagte er, bleiben noch 3 Personen übrig mit mir vier, und die können gleich im Helikopter mitfliegen, das hätten wir schon mal geklärt. Ihm fiel ein Stein vom Herzen, dass keiner zurückbleiben musste. Langsam wurde ihm diese Bestie unheimlich. Sie holten ihre Sachen aus der Hütte, Randy schloss ab. Ich schlage vor, wir treffen uns alle auf der Polizeistation in Gällivare, weiß jeder, wo die ist? Alle nickten. Wer will mit, fragte Randy? Die beiden Frauen rissen ihre Arme hoch. Jepp, einer darf noch? Von den vier Anglern traute sich keiner. Nun, macht schon, es passen sonst nicht alle in den Helikopter. Thore tippte auf Pauls Schulter, nun mal los, ist schon in Ordnung, wir sehen uns gleich. Die fünf sprangen ins Auto. Keine halbe Stunde später war der Helikopter wieder zu hören.

Kapitel 24.

Tuva saß in der Besucherecke im Sjukhused in Gällivare.

Johan war bei der Einlieferung immer noch bewusstlos gewesen. Sie hatte sich so platziert, dass sie die Verbindungstür mit der Aufschrift – nur für Krankenhauspersonal – und die Uhr im Blick hatte. Es waren schon über drei Stunden, ihre Kopfbewegungen waren ein ständiges Auf und Ab, der Hals tat ihr weh und sie machte sich große Vorwürfe, dass sie Johan nicht vertraut hatte. Sie fragte sich immer wieder, warum bin ich nicht zu ihm gegangen, als ich ihn vor der Höhle sah. Dabei fasste sie in die Seitentasche ihrer Hose und fühlte den Turnschuh. Er hat sich dieser Gefahr ausgesetzt, weil er sich um mich gesorgt hat. Sie konnte sich nicht erinnern, jemals solch ein schlechtes Gewissen gehabt zu haben. Hinzu kam die Sorge, welche gesundheitlichen Schäden ihm zugefügt worden waren. Johan hat sich für mich der Gefahr ausgesetzt, weil er mich schützen wollte, obwohl er wusste, dass dort ein Irrer durch den Wald läuft. Ihr Herz schlug heftig, sie hatte Mühe nicht zu weinen. Denn in diesem Moment wurde ihr bewusst, dass sie für Johan mehr empfand, als kollegiale Zuneigung. Ich liebe ihn dachte sie, ja ich liebe ihn. So fühlt es sich also an. Ein undefinierbarer Schluchzer kam ganz tief aus ihrem Inneren und ein heftiger Weinkrampf bahnte sich seinen unaufhaltsamen Weg aus ihrem Körper. Just in diesem Moment kam eine junge Ärztin durch Tür. Sie lächelte fröhlich und begrüßte Tuva, Hey ich bin Mila, sie können jetzt zu ihrem Freund, er wartet schon auf sie. Machen sie sich keine Sorgen, ihr Freund hat sehr viel Glück gehabt. Am Fuß ging der Schuss seltsamerweise fast durch zwei Zehen hindurch und am Oberschenkel war es ebenfalls ein glatter Durchschuss. Es waren Vollmantelgeschosse, wenn ihnen das etwas sagt, die richten nicht soviel Schaden an. Tuva versuchte ihren Gefühlsausbruch wieder unter Kontrolle zu bekommen und zwang sich förmlich zu lächeln, was aber misslang. Sie dachte nur, wenn du wüsstest, dass es meine Pistole und mein Vollmantelgeschoss sind. . . Wir haben in seinen Papieren alles gefunden, was wir gebraucht haben für die Bluttransfusion. Mit seiner Blutgruppe „0" ist alles unkritisch. Das Erythrozyten-Konzentrat ist eine weitere Absicherung. Alles wird wieder gut. Bitte ziehen sie sich den Kittel an und stülpten die Füßlinge über, Mundschutz brauchen sie nicht, aber die Hände. . . sie zeigte auf den

Automaten, der neben der Tür hing, die in Johans Zimmer führte. Mila sah sie noch einmal aufmunternd an und öffnete dann die Tür. Sie ließ Tuva hindurch und schloss diese von außen. Der Raum war abgedunkelt und Johan schien zu schlafen. Tuva drehte sich um, in der Annahme, die Ärztin stünde hinter ihr. Mit Schrecken realisierte sie, dass das nicht der Fall war. Hey, kam eine Stimme, die ihr fremd war. Johan versuchte zu lächeln. Tuva ging auf das Bett zu und nahm seine Hand in ihre beiden Hände und führte sie an ihren Mund. Wieder musste sie sich beherrschen, nicht zu weinen. Es gelang nicht ganz, ein paar Tränen kullerten. Psst, nicht weinen, du bist viel schöner, wenn du lachst. Johan, es tut mir unendlich, leid. Es ist alles meine Schuld, ich weiß nicht, warum ich weggelaufen bin, als ich dich an der Höhle gesehen habe. Ich schon, du hast geglaubt, ich bin der Unhold, gib es schon zu.

Sie hatte sich jetzt zu ihm runter gebeugt und sein Gesicht umfasst. Ich schäme mich so, weißt du? Ja, das solltest du auch, aber wenn du mir jetzt sagst, dass du mich genauso liebst, wie ich dich, dann. . . verzeihe ich dir, so einfach ist das. Sie schaffte es gerade noch, sich auf der Bettkante niederzulassen mit den Worten, darf ich mich setzten? Eigentlich fragt man doch erst und setzt sich dann , oder??

Hast du mir gerade sagen wollen, dass du mich liebst Johan? Erst sagst du mir, dass du mich auch, nee warte, ich sagte, genauso liebst, wie ich dich, dann... Woher weiß ich denn, wie doll du mich liebst. Er zog sie zu sich auf das Bett, umfasste sie mit beiden Armen und küsste sie. Also mit meinen Beinen hätte ich das nicht so gekonnt, in diesem Zustand nicht, aber das wird sich alles wieder ändern.

Dir scheint es ja richtig wieder gut zu gehen, ich habe mit große Sorgen um dich gemacht. Das ist auch gut so. Aber ich nicht minder, meine Verletzungen sind doch die besten Beweise, oder? Wofür? Glaubst du denn, dass ich mir selbst in den Fuß und in das Bein schieße, um von mir als Täter abzulenken, oder um dir zu imponieren? Ich wollte dich beschützen vor diesem Ungeheuer. Habt ihr denn schon nähere Erkenntnisse, wollte er wissen? Nein, nichts, wir wurden aufgefordert, das Camp zu verlassen. Wir und das andere Camp, was auch bewirtschaftet ist. Porjus, sagte er. Genau dieses. Ich habe zwar nicht alles im Kopf, da ist doch diese Liza, glaube das ist die Freundin von Ronja. Ja richtig, das war der Name, unglücklicherweise war es so geplant, dass sie mit ihrem Freund zusammen jetzt in der Saison das Camp betreuen sollte. Ich meine aber, der hat sich abgemeldet, wegen einer Semesterarbeit oder so. Auf jeden Fall haben sie Liza über Funk erreicht und ihr gesagt, sie soll so schnell wie möglich das Camp verlassen. Johan wirkte wieder schläfrig, als Tuva ihre Hand lösen wollte, hielt er sie fest. Willst du mich schon wieder verlassen, meine Kleine? Weißt du eigentlich, wie spät es ist und wie viel Stunden ich jetzt schon hier bin? Nicht bei dir, sondern auf dem Flur, ich bin mit dem Hubschrauber geflogen mein Lieber: Na denn, sei dir verziehen, dass du es nicht mehr bei mir aushältst. Ich würde gerne für immer . . ., das hört sich schon besser an, unterbrach er sie. Du weißt doch gar nicht, was ich sagen wollte, das kommt doch erst, wenn man 20 Jahre und mehr verheiratet ist. Was? Dass man seinen Partner nur ansehen muss, um zu wissen, was er denkt oder sagen will. Was du alles weißt. Eigentlich auch sehr praktisch, da wird einem die Wäsche gewaschen, leckeres Essen zubereitet und.... Schluss für heute, das reicht jetzt. Vierundzwanzig Stunden im Leben, und dieses steht völlig auf dem Kopf. Ja, wie du siehst, alles Negative bringt auch neue Erkenntnisse hervor. Obwohl, diese Erkenntnis, sagte Johan, hatte ich schon lange, war mir nur nicht sicher bei dir. Weißt du eigentlich, wenn du in der Schule aus vollem Herzen gelacht hast, ich dich ansehen musste? Nee, warum? Weil du dabei deine Nase dann so komisch bewegst. Hmm, Nase komisch bewegen, das hat mir eigentlich noch niemand gesagt. Ist schon seltsam, sagte Tuva, mir ging es ebenso. Immer wenn du dich angekündigt hast, hatte ich von dem Zeitpunkt Herzklopfen, aber du hast nie Signale ausgesendet. Im Gegenteil, du warst eher schroff, so nach dem Motto, komm mir bloß nicht zu nahe. So kann man sich täuschen. Ich bin so froh, dass es dir besser geht, Tuva beugte sich wieder zu Johan hinab, ich liebe dich sehr, werde dich aber jetzt verlassen. Die Autos stehen noch am Parkeingang, wo wir sie gestern abgestellt haben und ich muss zu meinen Großeltern, die werden sich Sorgen machen. Wenn du mir versprichst, dass du morgen wieder kommst, halte ich es hier ohne dich aus. Ich liebe dich nämlich auch sehr. Als Tuva das Krankenzimmer verließ, fühlt sie sich wie ausgewechselt, aber müde. Na, sind sie jetzt beruhigt, kam Mila von ihrem Stuhl des Ärztezimmers hoch, dessen Tür offen stand. Ja, sehr, vielen Dank. Ich werde jetzt heim fahren und morgen wieder nach ihm sehen. Das ist schön, erholen sie sich, sie können eine Mütze Schlaf gebrauchen, hab ich Recht? Tuva nickte. Sie nahm sich eines der wartenden Taxen vor der Klinik bitte der Bitte, zur Polizeistation gefahren zu werden. Der Taxifahrer beäugte sie argwöhnisch durch den Rückspiegel. Sie fühlte sich ziemlich abgerissen und erschöpft. Als sie seinen Blick auffing, dachte sie, der hält mich bestimmt für eine alkoholisierte Autofahrerin, die zum Bluttest musste und nun auch noch zur Polizei fahren... Sie war versucht, da sie seine Gedanken lesen konnte, ihm eine Erklärung zu liefern, entschied sich aber dagegen.

Sie war wohl einen kleinen Augenblick eingenickt, als der Wagen mit einem Ruck hielt. Wir sind da, das macht 200 Kronen, er hatte die unfreundlichste Variante der Abfertigung gewählt, ohne sich auch nur umzudrehen. Sie kramte in ihrer Hosentasche, hatte wieder den Turnschuh in der Hand. Moment sagte sie, als sie den skeptischen Blick des Taxifahrers im Spiegel sah. Jetzt denk der wohl möglich noch, ich habe mein ganzes Geld versoffen. Sie stieg aus, im Sitzen konnte sie nicht in ihren Hosentaschen kramen, die Augen des Taxifahrers verfolgten sie, bis sie vorne an seinem herunter gelassenen Fenster stand. Das abgezählte Geld reichte sie ihm mit den Worten durch die offene Scheibe, nein ich habe nicht getrunken und nein ich war nicht zum Alkoholtest. Der Taxifahrer sah sie vollkommen perplex an, darauf hatte er keine Antwort parat, was ihm nicht oft passierte. Hatten Frauen wirklich immer Recht? Tuva tat ein paar kräftige Atemzüge und füllte ihr gesamtes Inneres mit der frischen Luft. Der abgestandene Rauch im Taxi, in der Kleidung und dem Mund des Fahrer war ekelerregend. In der Eingangshalle suchte sie einen Mitarbeiter, um nach Thore Büro zu fragen. Ein junger Mann kam ihr entgegen. Sie sehen aus, als wenn sie auf der Suche sind. Stimmt, ich möchte zu Thore. Kommen sie mit, ich muss auch zu ihm. Prima Danke.

Sie hätte gerne mehrere Stufen auf einmal genommen, beschwingt vom Sauerstoff, Adrenalin und von Johan, hielt sich aber zurück, da sie den jungen Polizisten nicht überholen wollte. So, sagte er, zweiter Stock, rechts herum und die dritte Tür auf der rechen Seite.

Kapitel 25.

Lisbeth hatte die ganze Nacht kein Auge zugetan, sie hatte sich von einer Seite zur anderen gewälzt und alle halbe Stunde auf die Uhr gesehen. Kristof hingegen schlief tief und fest, sie lauschte seinen regelmäßigen Atemzügen. Sie war ärgerlich, weil er schlafen konnte, abschalten konnte. Er war immer schon in der Lage gewesen, alles von einander trennen, in aller Ruhe heikle Situationen zu klären, immer einen Schritt nach dem anderen zu gehen. Er behielt stets die Ruhe und bemühte sich, anderen davon abzugeben.. Es klappte meistens, nur in ihrer jetzigen Lage nicht. Lisbeth hatte Angst davor, an was sich Corin erinnern würde. Was wird sie über Gus berichten. Stunde um Stunde steigerte sich ihre Unruhe und um fünf Uhr stand sie auf und kochte Kaffee, Hunger hatte sie keinen. Es war ein wunderschöner Morgen des Spätsommers und sie saß in ihrem Schafanzug auf der Terrasse mit ihrem Becher Kaffee und blickte in ihren Garten. Auch dieser schaffte es nicht, ihre Gedanken zu ordnen, in dem er ein Potpourri aus Farben und Düften als Morgengruß zu ihr hinüber schickte. Sie musste darüber vor Freude lächeln. Kristof stand in der Terrassentür und blickte seine Frau an. Guten Morgen Lis, es ist schön, dich mal wieder lächeln zu sehen, ich hatte in den vergangenen Tagen nicht soviel Erfolg damit. Morgen mein Lieber, ja stimmt, es lag aber weniger an dir, als an mir, es tut mir sehr leid. Ich habe gerade festgestellt, dass zwei meiner Sinne doch noch intakt sind. Mein Garten hat mich soeben begrüßt mit seinen tausend lieblichen Düften und seiner wunderschönen Farbenpracht. Gut, meine Liebe, damit kann ich natürlich nicht konkurrieren, im Moment jedenfalls nicht. Da muss ich mir wohl etwas einfallen lassen, ich werde mir Mühe geben. Mein kleiner Schmetterling gefällt mir nämlich wesentlich besser, wenn er lächelt. Auch ich werde mir Mühe geben, das verspreche ich dir. Wenn wir den heutigen Tag überstanden haben und ein wenig Licht in diese schlimme Geschichte gekommen ist. Setzt dich doch bitte noch einen Augenblick zu mir, bat sie ihren Mann. Ich hol mir nur auch einen Kaffee, ich bin gleich wieder bei dir. Schweigend saßen sie beisammen und genossen den beginnenden Tag, voller Erwartung, was dieser für sie parat hatte. Aber auch Sorgen waren dabei, die beide jedoch für sich behielten. Erstaunt über die Zeit, die sie in aller Ruhe zusammen auf der Terrasse verbracht hatten, mahnte Kristof, wenn wir um acht Uhr am

Flughafen sein wollen, sollten wir uns langsam anziehen, denn so können wir ja nicht los. Wie selbstverständlich gingen sie beide ins Bad, was sie schon lange nicht mehr getan hatten und duschten gemeinsam. Als Lisbeth anschließend ihre Haare föhnte und in den Spiegel sah, stand ihr Mann hinter ihr und umfasste sie mit den Worten, mein Schmetterling kann ja richtig wieder lachen. Ole wartete schon am Flugplatz und hatte alle Formalitäten erledigt. Krankentransporte oder eben solche Fälle, wo Familienangehörige zu Krankenhäusern geflogen werden mussten, wurden an einem separaten Schalter abgefertigt. Er saß in der Halle und blätterte im Dagebladet . Hallo, ihr zwei, da seid ihr ja, dann kann es ja losgehen, heute haben wir etwas mehr Wind.

Kapitel 26.

Der Wagen mit Randy, Kolja, Nils, Paul, Tilda und Mina stand schon fünfundvierzig Minuten auf dem Hof der Polizeistation, als Thore mit seinem PKW vom Flugplatz kam. Tut mit leid, dass ihr warten musstet, aber mein Wagen stand am Flugplatz und ich musste auf ein Taxi warten. Dann gehen wir jetzt in mein Büro und tragen noch einmal die Fakten zusammen, die wir haben. Weiß von euch jemand, richtete er seine Frage an Nils, ob dort noch ein bewirtschaftetes Camp in der Nähe ist, welches wir informieren müssen? Ja, meine Freundin befindet sich zur Zeit im Camp Porjus und ich glaube, oh mein Gott dass fiel ihr wohl just in diesem Moment siedendheiß wieder ein, ihr Freund wollte sie eigentlich als Zweitperson begleiten, musste aber absagen, weil er doch noch einen Platz für sein Praxissemester bekommen hat und er eher beginnen musste.

Ganz langsam, mahnte Thore, können wir Funkkontakt zu ihr herstellen? Ja, ich habe die Nummer, sie kramte in der Seitentasche ihres Rucksacks ihr kleines Notizbuch hervor und schlug die Seite mit den Telefonnummern auf.

Hier ist sie. Thore forderte sie auf, selbst mit ihr zusprechen, denn sie sollte keinen Riesenschrecken bekommen. Ist sie auch mit dem Wagen dort, wollte er wissen? Ja, normal schon, denn auch dort dürfen wir, aber eben nur zu diesem Zweck, Fahrzeuge benutzen. OK, aber bitte bleibe ganz ruhig, damit sie keine Panik bekommt. Ich kann das nicht, bitte macht das einer von euch, sie hielt das Telefon zu Nils und Kolja. Ich mach das, sagte Kolja und griff nach dem Telefon. Die Verbindung klappte und Liza war sofort am Apparat. Hey Liza, alles OK bei dir, das ist gut. Hast du Gäste? Nein? Noch besser. Bitte tu jetzt genau das, was ich dir sage, ohne zu diskutieren, verstanden? Pack deinen Rucksack, nur deine ganz persönlichen Sachen, setz dich in dein Auto und komm hierher nach Gällivare auf die Polizeistation. Wenn du im Auto sitzt, verriegele die Türen und fahr einfach los. Lass dich von Niemand aufhalten, von Niemand, hast du mich verstanden? Hast du mich verstanden, dann sag es. Gut. Und, Liza, öffne Niemandem die Autotüren. Sollte dir etwas auffallen, versuche uns über Funk zu erreichen. Was? Nein, wenn du das tust, was ich dir gerade gesagt habe, kann dir nichts passieren. Ach Liza, ist Kalle eigentlich bei dir? OK, mach dir keine Sorgen, fahr jetzt sofort los. Edvin und Signe waren in der Zwischenzeit in TT Büro gekommen und hatten sich still im Hintergrund gehalten und zugehört. Kommt mal her ihr zwei, es gibt Arbeit. Punkt 1. haben wir gerade erledigt. Punkt 2. es sollte ein Hubschrauber mit einer Wärmebildkamera über dem Park kreisen, vielleicht haben wir ja Glück. Chef, sagte Signe, es laufen auch einzelne Wanderer durch den Park. Stimmt, aber dann hat er schon mal einen kleinen Vorgeschmack, dass wir ihm auf den Fersen sind. Die Wanderer kommen in Kürze freiwillig heraus und er kann sich nicht ewig verstecken. Ich denke, ergänzte TT, dass es keinen Sinn macht, an der Stelle am See, wo wir Johan gefunden haben, nach Spuren zu suchen. Vermutlich wird das Zusammentreffen im Wald stattgefunden haben. Ich schlage vor, gerade von diesem Punkt aus zurück in den Wald zu gehen und nach Auffälligkeiten zu suchen, war Edvins Einwand. Denn seine markanten Schuhabdrücke ließen sich doch gerade auf dem feuchten Waldboden sehr gut erkennen. Stimmt, wo du Recht hast, hast du Recht, so machen wir es. Sorgst du bitte dafür dass sich die Mannschaft der Spurensicherung dorthin begibt? Zu diesem Zweck dürfen sie ja auch mit dem PKW zum Camp fahren. Ich hatte mal wieder einen sechsten Sinn und klopfte sich dabei selbst auf die Schulter, nah,

er blickte auffordernd in die gesamte Runde. . .
richtig, gab er selbst die Antwort, an der Stelle, wo wir den Verletzten gefunden haben, ist
eine Markierung. Ein schöner Spinner hängt
an einem Stock, den ich in die Erde gesteckt
habe. Häh, sagte Edvin?? Da von den anderen
nur fragende Blicke aufzufangen waren, ich
merke, ihr seid alle keine Angler. Ein Spinner
ist eine künstliche Fliege. . . o nee, Chef, jetzt
keinen Angelunterricht, sagte Signe. Hör mir
doch bitte einmal zu. Warum können Frauen
eigentlich nie zuhören und . . . Männer nicht
einparken, vollendete Signe den Satz und verdrehte ihre Augen. Paul, sie haben eine ganz
interessante farbenprächtige Fliege verloren,
bitte nehmen sie es mir nicht übel, aber ich
habe diese Fliege benutzt und sie dort an einen
Stock gehängt, wo sich der Verletzte befand.
Sie bekommen sie sicherlich zurück, denn sie
haben sie vermutlich selbst gefertigt und ich
weiß, wie viel Arbeit darin steckt. Das geht in
Ordnung, zwar zweckentfremdet, aber immerhin für einen guten Zweck, ich werde es ver-
schmerzen. Weiter in unserem Plan, diese
Worte waren an Signe gerichtet, bitte notiere
doch die Personalien der hier Anwesenden, damit wir sie nicht unnötig hier behalten müssen.
Heißt das, wollte Tilda wissen, wir gehören
nicht zum Kreis der Verdächtigen? Nun, sagen

wir mal so. . . er zögerte seine Antwort unnötig in die Länge, stimmt. Aber wir sind dazu verpflichtet, dieses zu tun. Einverstanden? Edvin, nun zu dir, er stellte sich kerzengerade vor seinen Chef und knallte die Hacken zusammen, bitte rufe im Krankenhaus in Uppsala an, wieweit unsere kleine Patientin schon wieder unter uns weilt und ob wir sie verhören können. Wird erledigt. Ich werde jetzt mal kurz in die Cafeteria gehen und mich ein wenig stärken, bin in einer Viertelstunde wieder zurück. Bevor er die Tür schloss, steckte er seinen Kopf noch einmal durch den Spalt mit der Bitte, Signe oder Edvin, vielleicht könnt ihr in Erfahrung bringen, wie viel der große dirty Harry locker machen konnte, in der Bank und von dem Geldboten.

Danke. Signe äffte ihn gerade in voller Ausführung nach, als sich die Tür noch einmal öffnete und er grinsend sagte, wusste ich es doch. Oh man, Chef, war doch nicht böse gemeint. Wow, sagte Mina zu Signe, hat der keine Frau? Wieso, wie kommst du denn jetzt darauf? Was hat der denn für ein Hemd an und dann diese Krawatte, das muss man ihm doch sagen, dass er so nicht rumlaufen kann. Da wird einem ja schwindelig, der Blindenhund meiner Tante würde reiß aus nehmen. Versuch es doch einfach mal, empfahl ihr Signe.

Kennst du das Sprichwort, man soll keine schlafenden Hunde mit Steinen werfen? Das heißt so nicht, also das geht so, man soll keine schlafenden . . . lass gut sein, beendete Signe das Geplänkel. Oh, Mina, merkst du noch was, fragte Tilda genervt, das war ein Witz. Nein, sagte Lennart leise zu Paul, sie hat es nicht verstanden. Mina hasste es, wenn man sich über sie lustig machte. Sie hat mich ja nicht ausreden lassen, ich wollte ihr ja erklären, wie es richtig heißt. Lass gut sein Mina, ich benötige jetzt nur noch dcine Handynummer oder Festnetzanschluss, wo wir dich erreichen können. Wieso, wollte sie noch wissen, nennt ihr den TT? Thore Trol mit einem L, die Betonung liegt auf dem o, aber viele sprechen es Troll aus und das will er nicht, also TT. Der nächste bitte.

Kapitel 27.

Der Flug war der turbulenteste von allen, was
aber nicht an Ole lag, sondern an der thermi-
schen Konvektion, hervorgerufen durch Tem-
peraturunterschiede. Für die Erklärungen hatten Lisbeth und Kristof eigentlich keine Nerven, sie waren froh, heil unten angekommen
zu sein. Wir sehen uns später sagte Ole, ich
werde in der Zeit die Maschine checken und
richtig frühstücken. Lasst euch bitte alle Zeit,
die ihr braucht. Die beiden waren kaum in der
Lage langsam zu gehen und wurden immer
schneller. Bevor sie in den Eingang traten, holten sie noch einmal tief Luft, als gäbe es darin
keine. Die freundliche Schwester am Empfang
begrüßte sie so, als würden sie sich gut kennen
mit den Worten, sie kennen den Weg, ich sage
oben Bescheid, dass sie auf dem Weg sind.

Kristof, ich weiß den Weg nicht mehr, du? Er
nahm sie an die Hand, komm, immer mir nach.
Fahrstuhl , links, rechts, Gang entlang. Intensivstation. Tür verschlossen, sagte Lisbeth,
und nun. Geht die Tür auf, meine Liebe, alles
wird gut. Eine andere Schwester, die sie noch
nicht kannten, begrüßte die beiden liebevoll
und bat sie, kurz Platz zu nehmen. Doktor
Skjöve ist gleich bei ihnen, ich habe hier zwei

Kittel, Hauben und Überzieher für ihre Schuhe. Bis gleich. Sie hatten ihre Schutzbekleidung gerade angelegt, als Dr. Skjöve zu ihnen kam. Hey guten Morgen begrüßte er sie mit seinem freundlichen zuversichtlichen Lachen. Wie geht es ihnen? Nun, sagte Kristof, das werden wir gleich wissen. Momentan befinden wir uns gerade in so einer Atmosphäre, ich würde sie als surreal bezeichnen. Nicht so ganz auf dieser Welt, irgendwo dazwischen. Nun, das wird sich wirklich gleich ändern, denn wir haben gute Nachrichten. Ihrer Tochter geht es gut. Wir haben mit der Gegenmaßnahme bereits gestern begonnen, denn sonst hätten wir ihnen viele Stunden Wartezeit zugemutet. Aufgrund meiner langjährigen Erfahrung prognostiziere ich maximal noch drei Stunden, dann werden sie ihre Tochter in die Arme schließen und mit ihr reden können. Wir können es an den Augenlidern erkennen und an den Reflexen der Hände und Füße- Also seien sie ganz unbesorgt, es läuft alle nach Plan.

Kristof nahm seine Frau wieder an die Hand und sie betraten den abgedunkelten Raum. Eine Schwester saß am Bett von Corin und hielt ihre Hand. Vorsichtig stand sie auf und nickte den Eltern zu. Sie setzten sich auf die beiden Stühle, die man schon für sie dorthin gestellt hatte. Bitte seien sie nicht ungeduldig, nehmen sie ihre Hand und sprechen ganz leise mit ihr. Wir lassen sie jetzt mit ihrer Tochter allein, es kann nichts passieren. Er legte ihnen die Schaltung mit dem Notknopf auf die Bettdecke. Wir sind alle hier, sie brauchen sich keine Sorgen zu machen. Lisbeth saß auf dem vorderen Stuhl nahe des Oberkörpers und nahm die Hand ihrer Tochter. Kristof setzte sich daneben und streichelte die Hand seiner Frau. Die Augenlider flatterten und hörten wieder auf, die Hand drückte schon ein wenig mehr und ließ wieder locker. Ein tieferer Atemzug drängte sich zwischen die noch flacheren aber gleichmäßigen, als wolle sie Anlauf nehmen, um in diese Welt zurück zu kommen. Es ist fast so, als sei sie sich noch nicht sicher, ob sie wieder zu uns kommen möchte, flüsterte Lisbeth. Sie wird, da bin ich ganz sicher, sie befindet sich doch jetzt auch nur irgendwo dazwischen. Hey meine Kleine, Lisbeth ging ganz dich an das Ohr ihrer Tochter. Wir freuen uns auf dich, alles wird wieder gut. Es tat sich aber nichts, sie saßen nun schon eineinhalb Stunden an Corins Bett. Kristof, denkst du auch an Gus? Natürlich denke ich an unseren Sohn, glaubst du, ich habe Gus vergessen? Sie hat grade meine Hand ganz fest gedrückt, Ihre Augen waren für einen kurzen

Moment ganz geöffnet. Hast du das gehört? Sie hat ganz leise Gus gesagt. Ja, ich habe es gehört, ich hole Dr. Skjöve. Dieser war sofort zur Stelle. Sie hat einen Namen gesagt? Ja, es ist der Name unseres Sohnes Gus. Das ist gut, ein sehr gutes Zeichen. Es kann sich aber noch eine Weile hinziehen, der Anfang ist getan. Sollen wir ihnen etwas zu trinken bringen, denn sie werden sicherlich nicht das Zimmer verlassen wollen? Dankbar nickten sie beide, ja gerne, einen Kaffee und ein Glas Wasser, das wäre gut, vielen Dank. Gerne, sollten sie sonst etwas benötigen, geben sie uns Bescheid, mit diesen Worten verließ Dr. Skjöve das Krankenzimmer.

Während sie ihren Kaffee tranken, hörten sie wieder, wie ihre Tochter den Namen Gus sagte, lauter und deutlicher. Sie öffnete ihre Augen. Suchend kreisten sie umher. Gus? Hey mein Kind, du bist hier im Krankenhaus, wir sind jetzt bei dir. Noch während Lisbeth sprach, kam wieder, wo ist Gus, was ist passiert? Du hattest einen Un. . . fall. Ist Gus etwas passiert? Kristof flüsterte leise, sie hört uns überhaupt nicht zu, sie denkt nur an diesen. . .ihren Bruder, ich hole den Doktor, das ist ja unheimlich.

Der Arzt kam sofort ins Zimmer. Bitte beruhigen sie sich und versuchen sie e auch bei ihrer Tochter. Sie muss sich erst einmal sortieren. Ihr Bruder ist ja wohl die letzte Person gewesen, die sie gesehen hat und an den sie sich erinnert. Hatten die beiden eine enge Beziehung? Ja, das kann man wohl sagen, Corin war in den letzten Wochen total auf ihren Bruder fixiert. Ich kann sagen, dass sie sich ein Stück weit von uns entfernt hat. Wir haben es wohl gemerkt, aber uns nichts dabei gedacht, bis.... Lisbeth wollte nicht Falsches sagen, ja bis die beiden bei Nacht und Nebel unser Haus verlassen haben. Das Elternhaus, richtig? Korrekt, wir sind die Adoptiveltern, brachte es Kristof auf den Punkt. Die Kinder waren noch sehr klein, als wir sie zu uns geholt haben und es hat nie Probleme gegeben. Gus,. . . bist du, kam es wieder von Corin, . . . nicht allein. . . bitte. . . der Kopf rutschte zur Seite. Es ist sehr anstrengend für ihre Tochter, sie erinnert sich offensichtlich an den Teil, als sie allein im Wald war, sie scheint ihren Bruder zu vermissen. Haben sie schon Erkenntnisse, was mit ihrem Sohn passiert ist, warum er ihre Tochter allein ließ? Wieder war es Kristof, wir wissen es nicht genau, was mit dem Jungen los ist, jedenfalls war er es auch gestern in Gällivare, der von seinem Großvater, den er kürzlich ausfindig gemacht, Geld gefordert und dann in der Bank auch noch dem Geldtransporter den Koffer entrissen hat. Die Vermutung liegt nahe, dass er nicht damit zurecht kommt, dass seine leiblichen Eltern ihn zur Adoption freigegeben haben. Nun, für einen jungen Menschen, wie alt ist er? 16 Jahre, sagte Lisbeth. Also in der Pubertät kommen häufig solche Lebenskrisen. Ich werde ihnen unsere Psychologin schicken, die sich um ihre Tochter kümmern wird. Ich denke, da wird einiges aufzuarbeiten sein. Ich werde Ole Bescheid geben, dass es hier mit uns länger dauern wird, er kann ja nicht den ganzen Tag auf den Rückflug warten. Wir können Ihnen anbieten, über Nacht zu bleiben, wenn sie mögen. Lisbeth sah Kristof fragend an, ich denke, wir werden ihr Angebot annehmen, vielen Dank, Dr. Skjöve. Vielleicht kann er morgen, wenn er seine Familie wieder abholt, hier einen Zwischenstopp einlegen. Ach ja, ich habe soeben einen Anruf vom dem Kommissar aus Gällivare bekommen und ihm gesagt, dass ihre Tochter heute und morgen noch nicht vernehmungsfähig ist. Wir müssen ganz subtil vorgehen und möchte auch, dass die Psychologin dann dabei ist, Wie ist es mit uns, wollte Lisbeth wissen. Das kann ich nicht beantworten, das muss ich abklären. Ich habe Angst vor der Wahrheit, dachte Lisbeth. Ich habe Angst davor, was Gus erzählen wird. Zwei Tage bleiben uns. Zwei lange Tage. Ich glaube sie schläft, Kristof. Lassen wir ihr die Ruhe, die sie braucht. Ich gehe jetzt zu Ole.

Kapitel 28.

TT hatte seine Kaffeepause etwas verlängert, Signe hatte alle Personalien gespeichert und Edvin pflichtbewusst die Punkte abgearbeitet. Beschwingt betrat er sein Büro, wo die Unterhaltung mit fröhlichem Gelächter in Private abgeglitten war. Der ernste Grund der Zusammenkunft war ein klein wenig an der Seite geparkt, was allen bewusst wurde, als TT wieder im Raum stand und fragend in die Runde blickte. Was starrt ihr mich so an, ach so das, ein lieber Kollege hat dafür gesorgt, dass mein Kaffee auf meinem Hemd landete. Aber ich habe immer eins in Reserve sagte er und ging zu seinem Spind. Mina raunte den anderen zu, dass hat der bestimmt extra. . . das Wort blieb ihr im Munde stecken, als sie das Ersatzhemd sah, was TT sich in Windeseile zuknöpfte. Es gibt noch eine Steigerung dachte sie, dieses Muster sieht aus, als wenn man in die Spielzeugkiste meines Neffen blickt, der sein Playmobil abends immer unsortiert da hinein schmeißt. Edvin meldete sich zu Wort, zwei gute, zwei weniger gute Nachrichten. Schieß los. Fahndung läuft, Chef, Hubschrauber mit Spurensicherung und Wärmebildkamera auf dem Weg. Das waren die guten. Das Mädchen in Uppsala ist vor Übermorgen nicht vernehmungsfähig und der genaue Geldbetrag ist noch nicht ermittelt, das waren die weniger guten. Eigentlich ist da auch noch eine dritte Nachricht. Eine gute nehme ich mal an. Sorry Chef, ich dachte, die Bank hat ihre Kameras scharf gestellt. Sag bitte, dass das nicht wahr ist, verdammter Mist verdammter.

Wir benötigen von dem Jungen eine DNA, bitte fahrt zu den Eltern und seht zu, Kamm, Bürste, Zahnbürste oder ein Haar von seinem Kopfkissen. In der Bank ist er von dem Großvater als Oscar identifiziert worden, das heißt aber nicht, dass er auch der gesuchte Adoptivsohn der Lunds ist. Wir vermuten es, da alles zusammenpasst. Die Aussage der Schwester fehlt uns. Stian Lund hat von einem Oscar geredet, ist er wirklich der gesuchte Gus? Bitte vergleicht die Täterbeschreibung mit dem Foto von den Adoptiveltern. Haben wir schon gemacht, er ist es, sagte Signe. Es heiß aber noch lange nicht, dass er auch das Mädchen misshandelt hat. Es können ja zwei ganz verschiedene Personen sein. So lange das nicht eindeutig ist, müssen wir jeder Spur nachgehen. Habt ihr euch nach dem Jagdaufseher erkundigt, wollte er noch wissen, als es klopfte und die Tür aufging und der junge Polizist mit Tuva herein kam. Hey, TT, hier die gewünschte Unterlage, er gab ihm einen Aktendeckel und das ist... der Name war ihm augenscheinlich entfallen. Wir kennen uns, vielen Dank Kalle. Tuva, wie geht es unserem Jagdaufseher? Ich komme gerade aus dem Krankenhaus, wie sagt man, den Umständen entsprechend. Er hat einfach ganz großes Glück gehabt. Haben sie denn schon nähere Kenntnisse, stellte sie die Gegenfrage. Wir wissen, dass es der Bruder ist, der . . . in dem Moment fiel ihm ein, dass es ja auch ihr Halbbruder und ihr Großvater ist. Tuva, bitte setzen sie sich, ich glaube, das was ich ihnen jetzt sage, betrifft auch sie bzw. ihre Familie. Was ist, ist was mit meinen Großeltern? Er versuchte ihr, so behutsam es ging, den Banküberfall zu schildern, und dass es nach den derzeitigen Erkenntnissen auch ihr Halbbruder ist, der den Großvater gezwungen hat, Geld abzuheben. Das glaub ich nicht, wie kommen sie darauf, dass dieser Irre mein Halbbruder ist. Nun, er ist als Adoptivsohn mit seiner Adoptivschwester bei den Sjöbergs aufgewachsen. Nun hat er erfahren, wer seine Mutter ist. So wie es aussieht, haben sie beide eine gemeinsame Mutter. Tuva war sämtliche Farbe aus dem Gesicht gewichen und sie hatte das Gefühl, irgendwo in einem luftleeren Raum zu schweben. Das Gefühl, als stünde sie neben sich, als würde sie von sich selbst beobachtet, war keine Wirklichkeit mehr. Kann ich bitte ein Glas Wasser haben? Signe sprang los, lief zum Wasserhahn und reichte Tuva ein übervolles Glas Wasser und schwappte ihr noch einen Teil auf die Hose. Sie merkte es nicht. Nahm das Glas, trank es in einem Zug und starrte in den Raum. Tuva, geht es wieder, wollte Signe wissen. Sie wollen wissen, ob es wieder geht?? Das, was ich in den letzten vierundzwanzig Stunden erlebt habe, ist der blanke Horror, sie verstehen gar nichts. So etwas ließt man eigentlich nur in ganz trivialen Schundromanen, oder das passiert nur anderen. Kennen sie dieses Gefühl, schrie sie fast. Das ist ein Scheißgefühl, entschuldigen sie meine Fäkaljargon. Ist meinem Großvater etwas passiert? Nichts Lebensbedrohliches sagte Signe, ich habe die beiden heim gefahren. Wussten sie von diesem ganzen Schlamassel, ich meine, von meinem Halbbruder, von einem weiteren Enkel? Wieso ist er nicht bei uns mit aufgewachsen? Das können wir ihnen nicht beantworten, sagte Thore, dafür gibt es bestimmt eine Erklärung.

Ja, sagte Tuva, darauf bin ich sehr gespannt. Ich kann es kaum erwarten. Der Tonfall ihrer Besorgnis hatte sich einer kleinen Wandlung vollzogen. Es war nicht mehr nur Besorgnis, da sie nun wusste, dass keine Lebensgefahr bestand.

Viele Jahre war ihre Mutter kein Thema mehr in ihrem Leben gewesen. Ein Kaleidoskop, so sah sie gerade ihr Leben. Viele Teile fügten sich zusammen, fielen wieder auseinander, um sich dann neu zu formieren. Es war nicht so farbenfroh, nur schwarzweiß, bis auf ein kleines strahlendes buntes Steinchen. Johan. Ich möchte jetzt einfach nur nach Hause, eigentlich wollte ich meinen Wagen noch holen. Haben sie etwas von dem jungen Mädchen gehört, wie es ihr geht. Ja, sie ist aus dem Tiefschlaf erwacht, aber noch nicht vernehmungsfähig, nicht vor Übermorgen. Von meinem Br. . . , Oscar? Er heiß nicht Oscar, er heißt Gus, nein, von ihm fehlt jede Spur, er ist wie vom Erdboden verschluckt.

Wir können Ihnen folgendes anbieten, wir fahren sie und ihre Gäste erst einmal zu ihnen ins Camp Äventyr und morgen im Laufe des Vormittages bringen wir sie zu ihren Fahrzeugen, wie wäre das. Das wäre prima, Thore, vielen Dank. Dann können Randy, Nils und Kolja ebenfalls heim fahren und sich von diesem Tag erholen. Ein kleiner Mannschaftswagen wurde von Edvin aus der Halle geholt, worin alle Platz hatten. Auf dem Weg ins Camp herrschte totales Schweigen. Jeder versuchte sich vorzustellen, welche Fragen gleich von Tuva gestellt würden. Mina nahm ihren ganzen Mut zusammen und wagte einen Vorstoß, Tuva, was glaubst du, können wir die Nacht bei euch verbringen? Nichts, keine Antwort. Sie traute sich kein zweites Mal und verschob es auf die Ankunft. Tuva war ganz weit weg mit ihren Gedanken.

Als sie auf den Hof fuhren, kam ihr Mette schon entgegengelaufen. Gott, bin ich froh, dass ihr da seid. Ja Oma, wir erst, versuchte sie doch unbeschwert zu klingen. Zu den anderen sagte sie, ihr bleibt hier, wie abgesprochen, die Zimmer sind hergerichtet. Zu Essen bekommt ihr später, richtet euch erst einmal drüben ein. Die Sechs waren froh, dass sie nicht noch einmal fragen mussten und gingen rüber ins Quartier. Als sie außer Hörweite waren, platzte Tuva förmlich, Oma, was ist hier los? Komm erst einmal rein und setz dich, Opa ist etwas lädiert und kann nicht laufen. Das habe ich schon gehört, das meine ich aber nicht, der

Ton wurde etwas ruppiger. Hey Opa, wir geht es dir? Hätte schlimmer kommen können mein Kind, habe großes Glück gehabt. Da bin ich aber froh. Jetzt komm erst einmal her und gib deinem alten Opa einen Kuss, wie sich das gehört. Tuva tat es und holte es auch bei ihrer Großmutter nach. Entschuldige Oma, aber es war einfach ein bisschen viel heute. Ich glaube, dass ihr mir etwas zu sagen habt, stimmt´s? Mette begann ohne Umschweife und ließ nichts aus. Sie hatte eine Heidenangst vor diesem Moment gehabt. Angst, dass einzugestehen, was sie getan hatte. Stian hatte ihr verziehen und großes Verständnis gezeigt. Bei Tuva war sie sich nicht sicher. Tuva hörte zu, ohne ihre Großmutter zu unterbrechen.

Als Mette geendet hatte, blieb Tuva stumm und sah aus dem Fenster. Die Großeltern warteten gespannt auf das, was da jetzt kommen sollte. Tuva holte tief Luft und sagte ganz ruhig, ich erinnere mich an die Zeit, als ich mir auch meine Gedanken gemacht habe, wie eine Mutter ihr Kind verlassen kann. Ihr beide habt es mir leicht gemacht und ich habe dann auch nichts in Frage gestellt. Als ich älter wurde, habe ich auch begriffen, wie machtlos ihr doch ward. Ein so liebevolles Elternhaus zu verlassen, entzieht sich der Vorstellungskraft. Ich habe mir oft gewünscht, ihr zu begegnen und sie nach dem WARUM zu fragen. Irgendwann habe ich es aufgegebenen, darüber nachzudenken. Sie hatte bewusst nicht das Wort Mutter benutzt. Mette war ihre Mutter, nur sie hatte die Bezeichnung verdient. Ihr ward immer für mich da, für Gus aber nicht. Es heißt nicht, das ich euch nicht verstehe, das tue ich sehr wohl und das meine ich ehrlich und aufrichtig. Die damaligen Umstände müssen für euch sehr schwer gewesen sein. Nur Gus kann es nicht verstehen, das ist sein gutes Recht, wie soll er auch. Wenn man ihn findet, irgendwann wird es so sein, können wir ihm gemeinsam unsere Hilfe anbieten. Beide hatten ein Donnerwetter erwartet, da dieses nun ausblieb, waren sie völlig sprachlos. Nun schaut mich nicht so bedeppert an, was ist? Ich habe Hunger und Durst, unsere Gäste übrigens auch. Da der heutige Tag schon schlimm genug war, deren ganze Tour vermasselt ist, müssen wir ihnen jetzt ein vernünftiges Abendessen bieten. Wir werden uns in aller Ruhe überlegen, wie es weitergehen wird. Es ist wichtig, dass wir Kontakt zu den Adoptiveltern aufnehmen.

Kapitel 29.

Kristof kam ins Krankenzimmer zurück, Corin
war in der Zwischenzeit aber zu keiner weiteren Regung bereit. Alles normal hatte Dr.
Skjöve bei einer seiner Visiten am Nachmittag
gesagt. Ruhen sie sich doch bitte ein wenig
aus, die beiden Liegen sind für sie, wir haben
sie extra ins Zimmer gestellt. Sie können auch
in die Cafeteria gehen und sich ein wenig stärken. Weißt du was, sagte Lisbeth zu ihrem
Mann, genauso machen wir es.

Dr. Skjöve lachte und schloss die Tür. Nach
einer knappen Stunde kamen sie zurück. Die
Anspannung hatte sich ein wenig gelegt und
sie beschlossen tatsächlich, sich auf die Liegen
zu legen. Die Beleuchtung im Zimmer war
abgedunkelt, so dass sie sich und auch ihre
Tochter sehen konnten. Irgendwann hörten sie
Corin rufen, Gus ... bist du, seh .... nicht, bleib
…..mir, nicht allein... Lisbeth sprang aus dem
Bett und war sofort bei ihrer Tochter. Hey
meine Liebe, wir sind hier, Mama und Papa
sind bei dir, hab keine Angst. Mama ? Gus ...
hier? Nein, meine Liebe, du bist im Krankenhaus. Wo is...........bei uns? Hilfesuchend
blickte Lisbeth sich zu Kristof um, der von seiner Liege hochgekommen war die beiden be-

obachtete. Corin, wir wissen nicht, wo Gus ist, kannst du dich erinnern, was passiert ist?

Passiert, wa . . . passiert? Gus? Wir wissen es nicht Liebes, wir dachten, du kannst es uns erzählen. So allein . . . . Angst. Weg...... gerufen. Angst. Guuuuus? Ihre Stimme hatte einen schrillen unwirklichen Ton und war voller Panik. Ein Weinkrampf schüttelte sie und sie begann, um sich zu schlagen. Das Schreien wurde lauter. Ich werde den Doktor holen, Kristof sprang von der Liege und rannte aus dem Zimmer. Dr. Skjöve hatte Feierabend und wollte gerade die Station verlassen. Er stellte Kristof kurz seine Kollegin, Marit Berggreen vor, kam aber sofort mit in das Krankenzimmer. Corin lag nun völlig apathisch in ihrem Bett und starrte an die Decke. Wir werden ihr etwas zur Beruhigung geben, sagte der Arzt. Ein psychischer Schock hat viele Fassetten. Der Diagnoseschlüssel ICD 10 F 43 0 beschreibt den Schock als akute Belastungsreaktion und kann nach solch einem hereinbrechenden belastenden Ereignis bis zu mehreren Tagen andauern. Der Patient flüchtet sich in einen Raum, zu dem er uns den Zutritt verwehrt. Ihre Tochter will die Realität nicht annehmen. Sie glauben gar nicht, zu was unser Gehirn, unser Unterbewusstsein, fähig ist. Ich hatte, das Gefühl sagte Lisbeth, als wenn sie sich um ihren Bruder große Sorgen macht. Die Wortfetzen klangen jedenfalls so, dann kann er ja nicht der Täter sein. Lisbeth wusste selbst nicht, ob dieses Wunschdenken war, was sie da gerade von sich gab, denn Kristof sah sie wortlos an. Doch durchaus, sagte Dr. Berggreen. Es gibt das Stockholmsyndrom. Da identifiziert sich das Opfer, meistens sind es Geiseln, mit dem Täter und redet sich ein, dass es auch sein Wille ist, was der oder die Täter tun. Für Außenstehende subjektiv nicht nachvollziehbar. Aber wenn sich eine gewisse Hörigkeit entwickelt hat, kann es passieren, dass die Geisel ein regelrechtes Schuldbewusstsein entwickelt. Das ist doch völlig absurd, sagte Lisbeth, ihre Stimme klang hilflos, resigniert.

Ja, in der Tat, sie wird professionelle Hilfe benötigen, ich werde mich gleich mit unserer Kinderpsychologin in Verbindung setzen. Eine schnellst mögliche Therapie ist unbedingt erforderlich. Die Polizei wartet auf unsere Zustimmung, das Kind vernehmen zu dürfen.

Ich denke, ohne Zustimmung von Dr. Berg, so heißt die Psychologin, werden wir kein OK dazu geben. Die müssen sich noch gedulden.

Lisbeth hätte ihr Einverständnis verweigert, hätte man sie gefragt. Sie wollte es nicht wissen, was bei der Befragung am Ende heraus kommen würde.

Kapitel 30.

Liza wollte noch klar Schiff machen im Camp Porjus, entschied sich aber dagegen.

Der Anruf hatte sie aus ihrem Konzept gebracht. Sie schloss nur hektisch die Fensterläden, wollte den Schüssel in das Schlüsselloch stecken, der aber fiel auf den Boden , sodass ihr Rucksack, den sie locker nur über die linke Schulter geworfen hatte, beim Bücken über den Kopf rutschte. Die Schnalle des Gurtes verhedderte sich im Haar. Das ganze auf „0" zurück und langsam noch mal von vorn, dachte sie, während sie wütend an der Schnalle in ihrer Naturkrause riss. An der Schnalle hing ein Büschel Haare. Scheiß, Scheiße, Scheiße. Schlüssel aufheben, reinstecken, umdrehen, weg. Sie rannte auf den Hof des Gebäudes, wo ihr Auto stand. Unter dem Abdach, wo das Kaminholz lagerte und die Müllsäcke aufbewahrt wurden. Schlüssel auf dem 3 Balken links deponieren, fertig. Ihr T-Shirt war klatschnass. Den Autoschlüssel hatte sie vorsorglich schon in ihre rechte Hosentasche gesteckt. Als sie die

elektronische Markierung am Schlüssel betätigte, sah sie im rechten Augenwinkel einen
Schatten.

Hey, ich bin Ole, kannst du mir helfen?

Fortsetzung erscheint im Frühjahr 2016

„Prinzessin in der Erdhöhle"